2023年吉林省高教科研一般课题"高校科
内容研究"（编号：JGJX2023D70）阶段性成果
2024年吉林省教育厅一般项目"新世纪东
人工智能伦理关系研究"（编号：JJKH20240668SK）阶段性成果

A Narrative Study of
Ursula K. Le Guin's Science Fiction

厄休拉·勒古恩
科幻小说叙事研究

马春玉　著

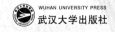

WUHAN UNIVERSITY PRESS
武汉大学出版社

图书在版编目(CIP)数据

厄休拉·勒古恩科幻小说叙事研究 / 马春玉著. -- 武汉 ：
武汉大学出版社，2025.7. -- ISBN 978-7-307-24738-3

Ⅰ.I712.074

中国国家版本馆 CIP 数据核字第 20241PY008 号

责任编辑:邓　喆　　　责任校对:鄢春梅　　　整体设计:韩闻锦

出版发行:**武汉大学出版社**　（430072　武昌　珞珈山）

（电子邮箱:cbs22@ whu.edu.cn 网址:www.wdp.com.cn）

印刷:武汉邮科印务有限公司

开本:850×1168　　1/32　　印张:4.875　　字数:101 千字　　插页:1

版次:2025 年 7 月第 1 版　　　2025 年 7 月第 1 次印刷

ISBN 978-7-307-24738-3　　　定价:45.00 元

目　　录

序 ……………………………………………………………… 1

第一章　绪论 ………………………………………………… 5

第一节　现当代叙事危机 …………………………………… 7

第二节　美国科幻小说概述 ………………………………… 13

第三节　勒古恩"海恩系列"科幻小说概述 ……………… 17

第二章　等级制二元对立叙事传统与其控制功能…………… 23

第一节　《罗卡农的世界》中被忽略的故事 ……………… 27

第二节　《世界的词语是森林》中缺失的历史 …………… 35

第三节　《幻影之城》中故事叙事的消亡 ………………… 45

第三章　道家思想：解构等级制二元对立叙事的工具……… 51

第一节　解构旧叙事传统：《黑暗的左手》 ……………… 59

第二节　一种崭新的叙事可行性：《一无所有》 ………… 74

第三节　充满矛盾与融合的叙事空间：《流亡星球》 …… 84

第四章　科幻小说：作为交流工具的叙事形式 ················· 93

　第一节　叙事的交流模式与勒古恩的科幻小说 ············· 99

　第二节　强化叙事的交流功能：倾听的力量 ············ 108

　第三节　"海恩系列"交流狂想曲 ···················· 115

结语 ·· 123

附录 ·· 129

参考文献 ·· 137

后记 ·· 151

序

我有不同的途径，我有不同的意志，

我有不同的话要说。

我从外面的路，从另一个方向，绕过这边的路回来。

——《总会回家》(*Always Coming Home*)，厄休拉·K. 勒古恩

　　当代社会，信息叙事已占据支配地位，这引发了一系列问题。本书以这些问题为切入点，探讨当代叙事危机。1936 年瓦尔特·本雅明(Walter Benjamin)曾提出，第一次世界大战后，传统故事的叙事形式出现了衰落的趋势，取而代之的是信息叙事。本雅明认为，尽管信息作为一种新叙事形式，其传递速度变得很快，但它并不是一种有效的交流工具，反而加重了人与人之间的疏远感(alienation)。① 身处当代社会，人们进行社会活动已无法脱离本雅明所说的信息叙事。我们的手机已成为我们外置的"身体"，而这个外置"器官"的主要功能在于接收和传输信息。我们的日常离不开信息叙事，例如，微信、微博、抖

---

　　① Benjamin W. Illuminations[M]. Trans. Harry Z. New York：Schocken Books，2007：84.

1

音等各种 App 已控制着我们的日常；我们不愿意花费大量时间阅读较长的新闻报道、小说，甚至不愿意看完整的电视剧或者电影等，而是更愿意浏览新闻简讯或者对小说、电视剧、电影等的介绍性解说。表面上看，每个人都与世界紧紧联系在一起，人与人之间的交流变得更便捷与频繁，但人们所感受到的疏远感却越发明显。不仅如此，习惯于信息叙事的我们，渐渐失去对真实事件本身的探讨，更容易接受事实表面的样子。

厄休拉·K. 勒古恩(Ursula K. Le Guin)在"海恩系列"科幻小说中探讨了类似的问题，并且提出了解决方法，即召唤正在消失的故事叙事(Storytelling)传统。勒古恩将科幻小说作为思想实验的重要实验室，对当今时代的叙事提出质疑，并且针对这些问题，提出解决问题的方法。本书结合叙事学、后殖民理论、解构主义，以及后现代理论等，通过对勒古恩科幻小说叙事的分析，探讨勒古恩所提出的解决方法的意义、特点，以及功能等。

首先，本书研究的是叙事与权力之间的联系，并提出现当代叙事问题所在。勒古恩建立了两个独立的世界来证明主要叙事的问题在于它会掩盖弱势群体的声音。在《罗卡农的世界》一书中，由于塞姆利(Semley)的故事被压缩为罗卡农故事的序言，所以塞姆利的故事很容易被忽略。同样，在《世界的词语是森林》一书中，勒古恩阐述了历史叙事中存在的类似问题，那就是被殖民者的历史被故意地遗忘。在《幻影之城》一书中，作者描绘了一个信息城市——星之城的故事，并探讨了神话、传说和历史等多样的叙事如何在星族的控制下被抹去等问题。

　　其次，本书指出了叙事危机的根源在于等级制二元对立思想。对此，勒古恩借用了中国道家思想来解构这种根源性思考方式。在《黑暗的左手》一书中，她通过描绘一个名为格森（Gethen）的外星星球，来讲述一个全新的世界，即道家世界。格森人（Gethenians）受到其双性生物循环的支配，这类似于道教中的阴阳循环。为学习阴阳循环，主人公艾（Ai）设法打破自己的认知局限，并通过道家的视角去感知世界。在另一部小说《一无所有》中，勒古恩用"无为"打破了等级制二元对立关系，从而建构了一种消解等级制的阴阳对立关系，一个没有主流和边缘、可无限循环的二元关系。此外，在《流亡星球》中，勒古恩探讨了一个接纳不同声音和叙事的"家"，而建构这个空间的前提是离开或遗忘自己本来的"家"，学会他人的"语言"。

　　最后，本书探讨了勒古恩所说的作为交流工具的叙事形式，即讲故事和听故事。勒古恩认为，故事叙事中，人们忽略听故事，故事叙事从而衍生为暴力叙事。勒古恩认为这些问题的产生都源自西方不平等的二元对立，而她要做的是把已消失的另一半召唤回来，并重置它们二者的关系。故事叙事中，听故事正如被动的无为一样，属于被动的接受。与等级世界中的讲述故事不同，道家世界讲故事的方式需要与倾听方式结合起来，因为这种连接讲述与倾听的方式能够产生另一种交流的可能性。

第一章

绪　论

第一节
现当代叙事危机

　　厄休拉·克洛贝尔·勒古恩（Ursula Kroeber Le Guin，1929—2018，以下简称勒古恩）是美国科幻小说的先驱作家，著名的奇幻文学作家和儿童文学作家。同时，她也是一位文学评论家、诗人和翻译者。她获得过众多文学奖项，其中包括 9 座雨果奖（Hugo Awards）、6 座星云奖（Nebula Awards）和多座轨迹读者奖项（Locus Readers Awards）。她本人于 2000 年被美国国会图书馆授予了"当代传奇"（a Living Legend）的称号，并于 2004 年被美国国家图书基金会授予"美国文学杰出贡献奖"（a Distinguished Contribution to American Letters）。更重要的是，她是一位故事大师。在接受乔治·威克斯（George Wickes）和路易斯·韦斯特林（Louise Westling）的采访过程中，勒古恩谈到了讲故事在她作品中的重要性：

　　　　威克斯：您认为是什么原因让人们开始写小说？
　　　　勒古恩：他们想娓娓道来一个故事。
　　　　威克斯：在您的小说里，有很多内容比故事更重要。

> 勒古恩：但在我看来，最原始的动力还是想讲述故事。①

莫莉·格洛斯(Molly Gloss)曾强调勒古恩文学作品的精髓在于她讲述的故事本身：

> 对勒古恩而言，最重要的始终是故事本身。而后，她带着自己深厚的好奇心、丰富的想象力以及思想与智慧来讲述这些故事。因此，你在阅读她的每一篇作品时都能获得一些知识与感悟。她行云流水般的文笔和引人入胜的故事都能让你在阅读和学习时感到十分轻松。②

人们的思想与他们所讲述以及被告知的故事紧密相连。乔纳森·戈沙尔(Jonathan Gottschall)认为人类是会讲故事的动物，他们的思想沉迷于叙事，进而提出人类是通过讲故事来理解现实的。③ 对于勒古恩来说，讲故事不仅能够将虚实结合且联系

---

① Wickes G, Westling L. "There is More Than One Way to See": Interview by George Wickes and Louise Westling[M]//Le Guin U K. The Last Interview: And Other Conversations. New York: Melville House, 2019: 54-55.

② 转引自 Wang A. How Ursula K. Le Guin Changed the Face of American Literature [OL]. (2018-1-25) [2024-9-11]. The Oregonian / OregonLive. https://www. oregonlive. com/books/2018/01/ursula _ k _ le _ guins_legacy.html.

③ Gottschall J. The Storytelling Animal: How Telling Stories Makes Us Human[M]. Boston: Houghton Mifflin Harcourt, 2012: 14.

起来，而且，反过来，讲故事的方式会影响现实生活。从这个角度来讲，如果人们未能习得讲述故事的能力，那他们的生活就会被他人操控。①

在《讲故事的人：对尼古拉·列斯科夫作品的思考》(*The Storyteller：Reflections on the Works of Nikolai Leskov*)一文中，本雅明讨论了在信息时代讲故事的重要性。与著名论文《机械复制时代的艺术作品》(*The Work of Art in the Age of Mechanical Reproduction*)相比，《讲故事的人：对尼古拉·列斯科夫作品的思考》并不为人所知。其重要性明显被忽略了。2019 年，以《讲故事的人》为中心的本雅明散文集《讲故事的人散文集》(*The Storyteller Essays*)出版。在这本书的导言部分，塞缪尔·泰坦(Samuel Titan)写道，这篇文章是"一长串思想的结果"②。据泰坦所说，本雅明本人很重视这篇文章。理查德·怀特(Richard White)认为这篇文章"是一篇更重要的文章(比起另一篇)，因为它可以帮助我们更好地理解当代生活的一些基本特征"③。本雅明将叙事分为传统故事(stories)叙事、小说(novels)叙事和信息(news)叙事三种类型。传统故事主要指以口头形式存在于成人和儿童间的一些民间故事、童话、寓言、传说和神话。与传统故事不同，小说是书面的。他认为，在现代社会里，传统故

---

① Le Guin U K. Words Are My Matter[M]. Easthampton：Small Beer Press，2016：5.

② Titan S. Introduction. In：Walter B. The Storyteller Essays[M]. Trans. Tess L. New York：New York Review Books，2019：viii.

③ White R. Walter Benjamin："The Storyteller" and the Possibility of Wisdom[J]. Journal of Aesthetic Education，2017，51(1)：2.

事已逐渐减少，而一种新的叙事形式，即信息叙事则开始出现。信息叙事包括广播和电视上的大众媒体叙事，抑或是报纸大众媒体叙事等。而内容翔实的信息叙事的出现带来了两个问题。首先，是传统故事的消亡。本雅明注意到，参加过第一次世界大战的人们无法真正与家人分享他们的经历，他认为这种现象与传统故事叙事的消亡有关。其次，信息叙事是一种新颖的叙事方式，是传递信息的有效途径。但问题在于，这种形式很容易成为一种政治、商业宣传的工具。例如，在第二次世界大战期间，无线电成为纳粹传播、宣传其意识形态的最有效手段之一。换句话说，本雅明认为信息叙事的问题在于它易沦为一种控制手段，因此，他强调恢复正在消失的传统故事形式。本雅明认为传统故事叙事与信息叙事最大的区别在于它们所传递的不同解释性。具体来说，信息叙事通常只提供一种解释，而传统故事叙事则可以提供多种解释。本雅明以古埃及国王普萨美尼托斯（Psamtik Ⅲ）的神话为例，说明了故事叙事与信息叙事的差异。普萨美尼托斯被波斯国王坎比斯殴打和俘虏后，坎比斯在将他押往大牢的路上，故意安排他目睹亲生女儿沦为女佣的场景，以及儿子被处决的惨状。看到这些，普萨美尼托斯却岿然不动。然而，当他在囚犯的队伍中看到一位年迈的仆人时，他突然陷入了无尽的悲哀。如果把这个故事看作一个信息性叙事，那么这个故事可以解读为："国王更珍视子民而非皇室家族的命运。"然而，本雅明强调，作为故事叙事，这个故事实际上可以有更多的阐释：比如"由于他已经充满悲伤，只需要压倒骆驼的最后一根稻草"，或者说，"舞台上的许多东西会让我们感动，而现实生活中却不会；对国王而言，这位仆人仅仅是一个演员"。传统故事的讲述者希罗多德并没有提供任何解释。正如本雅明所说，"这就是为什么几千年后，这个来自古埃及的故事仍然能够引起人们的惊叹和深思"①。本雅明对传统故事的消亡表示深深的遗憾，因为他认为传统故事是一种有效的沟通方式。

为此，本雅明开始研究介于故事与信息之间的小说。然而，他认为小说有两个方面的局限。首先，传统的故事是由讲述者和听众以口头叙事的形式讲述和复述的，而小说是书面的，缺乏听众。其次，与交流生活经验的传统故事不同，小说不能起到分享生活经验的作用，因为"小说的诞生地是孤独的个体"。换言之，"写小说意味着在表现人类生活时将不可比拟的东西发挥到极致"②。因此，本雅明认为小说的兴起反而带来了传统故事叙事的衰落。由此，"讲故事的人的死亡促成了作者和作家批评的主导地位"③。不同于传统的由匿名作家讲述的故事，小说可能充斥着作者的个人观点。另外，本雅明的主要担忧是，那些远离世俗的作家所写的小说只能表达有限或者独特的个体经验，而不能像传统故事一样通过分享共识起到交流功能。

---

① Benjamin W. Illuminations ［M］. Trans. Harry Z. New York：Schocken Books，2007：90.

② Benjamin W. Illuminations ［M］. Trans. Harry Z. New York：Schocken Books，2007：87.

③ Areti D. The Return of the Storyteller in Contemporary Fiction［M］. London：Bloomsbury，2016：2.

在某种意义上，弗吉尼亚·伍尔芙（Virginia Woolf）在《本内特先生和布朗夫人》(*Mr. Bennett and Mrs. Brown*)一书中论证了本雅明的担忧是正确的。伍尔芙批评同时代的男性作家创作的小说里充斥着男性的主体经验，而缺乏真实的女性的声音。她指出很多男性作家笔下的女性人物明显不是真实的，而仅仅是男性虚构的女性。这种虚构的问题在于，它不仅没有刻画出生活中真实女性的模样，而且，更糟的是，曲解了女性本来的样子。伍尔芙分享了她在火车上听到一个老妇人和一个男人之间零碎对话的经历。她认为她遇到的那位被称为"布朗夫人"的老妇人从未在男性作家小说里出现过，这是一个一直严重被忽略的女性角色。她既不是超级英雄，也不是仙女一般的女主，更不是诱惑男性的人物，而是一个很容易被遗忘在角落里的老妇人。虽如此，但她不像男性认为的那样，没有主见，反而更敢于表达自己的情感，敢于作出自己的决定。伍尔芙继续说道，男性作家，如阿诺德·本内特从来也没看过被遗忘在角落的布朗夫人。① 伍尔芙指出了同时代男性作家没有意识到的局限性，比如，被沉默的布朗夫人的故事等。同样，在《科幻小说与布朗夫人》(*Science Fiction and Mrs. Brown*)一文中，勒古恩引用伍尔芙的文章，讨论了叙事的问题，并建议在科幻小说中找寻解决这个问题的方法。② 因为，对勒古恩来说，属于边缘性文

---

① Woolf V. Mr. Bennett and Mrs. Brown[M]. London: Hogarth Press, 1924: 16.

② Le Guin U K. The Language of the Night: Essays on Fantasy and Science Fiction[M]. Ed. Susan W. New York: Putnam, 1979: 102.

学的科幻小说具有宇宙般无限扩大的可能性和思想实验性，可
弥补现代小说的局限性。笔者将以勒古恩的科幻小说作为研究
对象，针对信息时代叙事问题，探讨勒古恩科幻小说叙事特征，
并论证勒古恩的解决方法的可行性。

第二节
美国科幻小说概述

　　虽然科幻小说的根源与奇幻文学、神话、传说和童话等传
统故事密切相关，但 17 和 18 世纪，物理学和数学的发展为科
幻小说的产生奠定了科学基础。在美国文学史上，为科幻小说
这一文类的形成作出重要贡献的作家有埃德加·爱伦·坡
（Edgar Allan Poe）、纳撒尼尔·霍桑（Nathaniel Hawthorne）、马
克·吐温（Mark Twain）等。而"科幻小说"一词的起源可以追溯
到雨果·格恩巴克（Hugo Gernsback），他在 1926 年第一版通俗
杂志《惊异传奇》（*Amazing Stories*）创刊号中使用了"科学小说"
（scientifiction）一词。三年后，该术语演变成当今广泛使用的常
规术语"科幻小说"（science fiction）。在 20 世纪 20 年代，廉价
纸张的使用使通俗杂志迅速发展。最受欢迎的载有科幻故事的
杂志是《惊异传奇》、《惊奇科幻》（*Astounding Science Fiction*）和
《星球故事》（*Planet Stories*）等。这些杂志曾刊登了当今许多著

名的科幻小说家的作品。例如，菲利普·金德里德·迪克
（Philip K. Dick）的大部分短篇小说刊登在这些杂志上。同样，
勒古恩的许多短篇小说和散文也发表在这些杂志上。当时，通
俗杂志已成为大众娱乐的一种流行形式。一方面，与价格昂贵
的小说相比，通俗杂志提供了一些"廉价的"故事，这些故事被
认为是"低质量的"。然而，这些杂志在年轻的工人阶级中相当
受欢迎，成为引领大众文化（Mass Culture）的重要途径。另一方
面，在《惊异传奇》中，雨果·格恩巴克为作家和读者创建了一
个专栏，供他们交流思想。该专栏收获了大量的科幻小说爱好
者，并为他们提供了一个交流平台。科幻小说的读者和爱好者
的影响力不仅体现在科幻小说作为一种新文类的形成过程中，
而且贯穿于科幻小说的整个发展历程。

20世纪40年代至50年代，科幻小说进入了强调科学技术
重要性的时代。例如，罗伯特·安森·海因莱因（Robert A.
Heinlein）是一位有影响力的科幻小说作家，同时也是一名航空
工程师，因此他强调科幻小说中科学知识的准确性。从20世纪
60年代开始，人们对科学的态度从膜拜转到批评地接受。当
时，世界面临来自科学发展带来的不良影响的威胁，例如毁灭
性的核武器等，于是科幻小说进入了"新浪潮"时期（the Era of
New Wave），作家们对科学技术的批评之声渐渐提升。在美国
的"新浪潮"时期，许多有影响力的科幻小说作家应运而生，例
如被弗雷德里克·詹姆逊（Fredric Jameson）称为"科幻小说领域
的莎士比亚"的菲利普·金德里德·迪克。值得注意的是，尽
管科幻小说领域的主流作家是男性，但这个时期仍出现了两位

具有代表性的女科幻小说家：乔娜安·拉斯(Joanna Russ)和厄休拉·K. 勒古恩。

　　20 世纪末和 21 世纪初，人类进入了以信息爆炸为特征的互联网时代，当代叙事出现了一种新的趋势，即"赛博朋克"(Cyberpunk)。该术语是科幻小说家布鲁斯·伯特克(Bruce Bethke)于 1983 年创造的。约翰·克鲁特(John Clute)解释道，"该术语主要用于描述 20 世纪 80 年代信息爆炸背景下的小说和故事(因此，从控制论这一学科中借鉴了'赛博'一词)。这些小说和故事大多描绘了一个人口稠密、城市化且具有迷惑性的新世界。在这个新世界里，我们中的大多数人会发现，自己被剥夺了实权(这也是"朋克"一词的由来)"①。许多赛博、朋克作品被运用到电影中，并取得了巨大的商业成功。

　　如今，随着数字媒体的发展和游戏产品的普及，"数字故事"(Digital Storytelling)的新概念应运而生，并成为重要的研究对象。此外，社交媒体还为个人提供了交流平台，供人们分享各自的生活体验。表面上看，故事叙事并未像本雅明所说的那样，走向消亡，反而重新又回归当今社会。因此，在《当代小说中讲故事的人的回归》(*The Return of the Storyteller in the Contemporary Fiction*)一书中，阿雷蒂·德拉加斯(Areti Dragas)提出，受多种媒体的影响，当代叙事发生了转变，引发

---

① Clute J. Cambridge Companion to Science Fiction[M]. Cambridge：Cambridge UP，2003：67.

了故事叙事的回归。① 不难发现，不同于传统故事，当代社会的故事叙事已失去了交流功能，更趋于发挥传达信息的作用。例如，商业上应用一些故事叙事，目的并非讲述故事或者传递多重意义，而是利用故事来包装产品的概念，从而传达一个有利于商品销售的明确的信息。换句话说，这种故事叙事本质上与信息叙事并无差别，是一种披着故事叙事的外衣的信息叙事。

讲故事的重要性也随着认知科学的发展而更受重视。认知科学家马克·特纳（Mark Turner）解释说，故事是"思想的基本工具"和"展望未来、预测、规划和解释的主要方式"。② 本雅明惋惜现代小说放弃了故事；而勒古恩的观点在于当代小说，特别是科幻小说，可追寻故事叙事的光芒。根据达科·苏文（Darko Suvin）的说法，科幻小说是一种当代小说文类，"其充分必要条件是陌生化和认知的出场，以及两者之间的相互作用。其主要形式策略是构建一种拟换作者的经验环境的富有想象力的框架结构"③。按照苏文的说法，科幻小说既与人类的认知有关，也与人类的陌生化有关。同样，弗里德里克·詹姆森（Fredric Jameson）提出，"科幻小说作为一种文学形式，其最重

---

① Areti D. The Return of the Storyteller in Contemporary Fiction［M］. London：Bloomsbury，2016：3.

② Turner M. The Literary Mind［M］. New York：Oxford UP，1996：4-5.

③ Suvin D. Metamorphoses of Science Fiction［M］. Oxford：Peter Lang，2016：20.

要的一个潜力就在于，它能够将某种元素灌入我们现有的认知世界，这种元素有点类似于实验中的变量"①。对勒古恩来说，科幻小说是为她提供"思维实验"的平台。正如她所说，"爱因斯坦（Einstein）通过移动的电梯发出一道光射线；薛定谔（Schrodinger）把一只猫放进了盒子里。事实上没有电梯，没有猫也没有盒子。实验是在思维中进行的，问题也是从思维中提出的"②。因此，她在自己的科幻小说中进行类似的关于叙事方式的实验。

第三节
勒古恩"海恩系列"科幻小说概述

勒古恩共创作了 22 部长篇小说，16 部短篇小说集，8 部散文和评论文集，12 本儿童读物，10 本诗集和 4 本翻译译本。在这些作品中，笔者主要选取她的"海恩系列"科幻作品为主要文

---

① Jameson F. World-Reduction in Le Guin：The Emergence of Utopian Narrative[M]//Harold B. Ursula K. Le Guin's the Left Hand of Darkness. New York：Chelsea House Publishers，1986：26.

② Le Guin U K. Dancing at the Edge of the World：Thoughts on Words, Women，Places[M]. New York：Grove Press，1989：9.

本分析对象，其中包括 7 部长篇小说①与 3 部短篇小说集②。下面简要概述"海恩系列"科幻作品：

"海恩系列"第一部短篇小说《安加尔人的嫁妆》(*The Dowry of the Angyar*) 出版于 1963 年。这也是勒古恩的第一部长篇小说《罗卡农的世界》(*Rocannon's World*，1966) 的序言。在 1966 年至 1967 年，勒古恩完成了早期的"海恩三部曲"，即《罗卡农的世界》、《流亡星球》(*Planet of Exile*，1966) 和《幻影之城》(*City of Illusion*，1967)。然而，正如夏洛特·斯皮瓦克 (Charlotte Spivack) 所指出的那样，在勒古恩作品研究中，早期的三部曲一直被严重忽略③，因为在她的两部代表性科幻作品出版之前，勒古恩一直是位默默无闻的作家。

其实，在读者以及美国文学界，奠定勒古恩声望的代表作为《黑暗的左手》(*The Left Hand of Darkness*) 和《一无所有：一个模棱两可的乌托邦》(*The Dispossessed：An Ambiguous Utopia*)。《黑暗的左手》出版于 1969 年，同年，她还出版了短篇小说《冬之王》(*Winter's King*)。起初，《黑暗的左手》出版后并没有得到当时较为有名的科幻小说作家们的认可。著名的女

---

① 本书主要分析的七部长篇小说包括：《罗卡农的世界》(1996)、《流亡星球》(1966)、《幻影之城》(1967)、《黑暗的左手》(1969)、《一无所有：一个模棱两可的乌托邦》(1974)、《世界的语言是森林》(1972)、《倾诉》(2000) 等作品。

② 三部短篇小说集包括《内陆海的渔夫》(1994)、《宽恕的四种方法》(1995)、《世界诞生之日》(2002) 等。

③ Spivack C. Ursula K. Le Cuin[M]. Woodbridge：Twayne Publishers，1984：25.

权主义批评家以及科幻小说家乔娜安·拉斯（Joanna Russ）批评勒古恩的《黑暗的左手》尽管似乎涉及了性别话题，但却未能深入主题，因为其中的女性形象仍然是刻板的固有印象，而男性角色在她的作品中仍占主导地位。[1] 另一位有影响力的科幻小说家斯坦尼斯拉夫·莱姆（Stanislaw Lem）也批评了勒古恩的《黑暗的左手》，称其充斥着"科幻小说中肤浅的刻板印象和陈词滥调"[2]。相比之下，之后的科幻评论家们，包括达科·苏文（Darko Suvin）和马丁·比克曼（Martin Bickman）则对勒古恩的小说给出了更为积极的评价。例如，达科·苏文认为这部小说"尽管涉及了性别议题"，但是中心并不在于此，"而更多是关于人类爱情和信任的文明寓言"[3]；马丁·比克曼认为，《黑暗的左手》打破了科幻文学的局限，形式和内容均体现了"功能性、有机性和美学意义方面的统一"[4]。

1972 年，勒古恩出版了《世界的词语是森林》(*A Word for World Is Forest*)，该作品后来荣获 1973 年雨果奖。据称，这部小说对詹姆斯·卡梅隆（James Cameron）执导的电影《阿凡达》

---

① Russ J. The Image of Women in Science Fiction. Science Fiction Criticism：An Anthology of Essential Writings［M］//Rob L（Ed.）. London：Bloomsbury，2017：207.

② Lem S. Lost Opportunities［J］. SF Commentary，24 Nov. 1971：24.

③ Suvin D. Radical Rhapsody and Romantic Recoil in the Age of Anticipation：A Chapter in the History of SF［OL］.［2020-11-11］. Science Fiction Studies. https：//www. depauw. edu/sfs/backissues/4/suvin4art. htm.

④ Bickman M. Le Guin's The Left Hand of Darkness：Form and Content［M］. Ed. Harold B. New York：Chelsea House Publishers，1986：53.

(*Avatar*)产生了深远影响。与传统的科幻小说不同,《世界的词语是森林》充满了对社会、环境和人类行为的思考,但不同于她的温和科幻小说,这部小说描绘了诸如杀戮、复仇等血腥情节。这与创作时代背景密切相关:当时正值美国参与越南战争的时期。勒古恩通过科幻的笔触,深入探讨了战争对人类社会和自然环境的影响,表达了对战争的愤怒和反思。作品中融入了作者对反战主题的关注,呼吁人们反思战争带来的破坏和伤害。

两年后,勒古恩出版了一部划时代的作品——《一无所有:一个模棱两可的乌托邦》,并取得了非同寻常的成功,但同时也在学术界引发了激烈的争论。莱曼·陶尔·萨金特(Lyman Tower Sargent)认为,不同于乌托邦或反乌托邦的话题,勒古恩的乌托邦似乎"带有瑕疵",这种"瑕疵"反而使得她的乌托邦"充满活力"。① 郭建认为勒古恩在《一无所有》中的乌托邦并不是一个悲观的乌托邦,而是一个充满活力的乌托邦,是每个人都可以深入地去探索自我的乌托邦。② 莎拉·琼斯(Sarah Jones)评论勒古恩的乌托邦是一个积极的乌托邦,因为"勒古恩的作品之所以与众不同,不仅在于其丰富的想象力和政治性,

---

① Sargent L T. The Problem of the "Flawed Utopia": A Note on the Costs of Eutopia[M]//Baccolini R, Moylan T. Dark Horizons: Science Fiction and the Dystopian Imagination. New York: Routledge, 2003: 225.

② 郭建. "尴尬的乌托邦"——《一无所有》之乌托邦研究[J]. 外国文学, 2012, 4: 137.

更在于她对创建一个值得生活的未来所做的深层次思考"①。随着以上提及的两部经典科幻小说和几部奇幻经典著作的出版，特别是其著名的"地海系列"(The Earthsea Cycle Series)小说的出版，勒古恩被公认为美国当代重要作家。著名批评家哈罗德·布鲁姆(Harold Bloom)指出，勒古恩是那些"将奇幻推向主流文学"的作家之一。② 此外，作为勒古恩早期研究者，夏洛特·斯皮瓦克(Charlotte Spivack)不仅从整体上介绍了勒古恩不同类型的作品全貌，同时强调了勒古恩作品对未来美国文学的重要影响。同样，唐娜·怀特(Donna White)称勒古恩为"美国文学的主要声音"③。也就是说，勒古恩文学作品的重要性慢慢被批评界发掘并接受。继而，勒古恩出版了两本短篇小说集，分别是《内陆海的渔夫》(*The Fisherman of the Inland Sea*，1994)和《宽恕的四种方法》(*Four Ways to Forgiveness*，1995)。

2000 年，勒古恩出版了另一部重要的"海恩系列"小说，名为《倾诉》(*The Telling*)。这部小说涵盖了她以故事为中心的叙事理论。2002 年，勒古恩出版了"海恩系列"最后一部短篇小说集《世界诞生之日》(*The Birthday of the World and Other Stories*)，从而结束了她围绕浩瀚的"海恩宇宙"的漫长旅程。

---

① Jones S. Ursula K. Le Guin's Revolutions [OL]. Dissent. (Summer 2019) [2020-11-14]. https://www.dissentmagazine.org/article/ursula-k-le-guins-revolutions.

② Bloom H. Ursula K. Le Guin [M]. New York：Chelsea House Publishers，1986：10.

③ White D R. Dancing with Dragons：Ursula K. Le Guin and the Critics [M]. Columbia：Camden House，1999：1.

　　然而，以往的研究主要集中在她的部分作品，如上述提到的两部著名的科幻经典《黑暗的左手》和《一无所有》，或她的"地海系列"奇幻文学作品，其早期和晚期的科幻作品以及短篇小说大多被忽略。鉴于此，本书旨在从"海恩系列"宏观视角对她的科幻作品整体进行分析，以填补这一研究领域的空白。

第二章

等级制二元对立叙事传统与其控制功能

在《女人/荒野》(*Women/Wilderness*)一文中，勒古恩指出，"男人一生都生活在主导地位上。当他们出去猎熊时，他们会带回关于熊的所见所闻，所有人都能听到这些故事，这些成为这种文化的历史或神话"，"但是女人的经历——这些是文明遗漏了的部分，是被文明排除在外的——是没有被说出来的，或者被说出来，但无法被人们听到"。① 换句话说，男人的故事成为历史，女人的故事则被忽略。勒古恩认为这也正是小说的问题所在。勒古恩批评道，欧内斯特·米勒·海明威(Ernest Miller Hemingway)的小说主要描述了以男性为主或者男性心目中的英雄故事，② 而对女性的故事却只字未提。在这个男性主导的社会，不仅是女性的故事，连儿童的故事也少有被讲述。勒古恩最著名的短篇小说《走出欧姆拉斯的人们》(*The Ones Who Walk Away from the Omelas*)提出了这样一个残酷的问题："我们会牺牲掉一个孩子，来换取大多数其他人的幸福吗?"萨那·海德(Sanaa Hyder)和阿弗里恩·哈立德(Afreen Khailid)指出，"这部短篇小说不完全是虚构，它还揭示了现实中一个严重的社会问题：与欧姆拉斯(Omelas)这个地方相比，我们所处的现实社会境况其实更糟，因为现实中不仅只是一个孩子在受苦，而是数以万计的孩子们每天都在受苦，他们却仍然被忽略"③。男

---

① Le Guin U K. Dancing at the Edge of the World：Thoughts on Words，Women，Places[M]. New York：Grove Press，1989：163.

② Le Guin U K. Dancing at the Edge of the World：Thoughts on Words，Women，Places[M]. New York：Grove Press，1989：173.

③ Sanaa H, Afreen K. Ursula K. Le Guin：Thinking About What Matters[J]. Lancet Psychiatry，2020，7(2)：133.

性主导的社会大多数建构起一种等级制结构，而这种等级制度建立在二元对立的基础之上。埃莱娜·西苏（Hélène Cixous）和凯瑟琳·克莱门特（Catherine Clément）在她们关于人类思想如何通过二元对立建构的讨论中列出了以下一系列对立元素：

主动/被动

太阳/月亮

文化/自然

昼/夜

父亲/母亲

头/心

易懂/明显

理性/感性

形状，凸面，前进……/物质，凹面，后退……

男人/女人

总有着相同的比喻：我们遵循它，它带领我们建构所有的话语。如果我们阅读或说话，同样的思路或双重思路引导我们穿越文学、哲学、批判、几个世纪的表现和反思。

思想总是通过对立展现出来。①

也就是说，二元对立是人类的一种思考方式，而问题在于二元

① Cixous H, Clément C. The Newly Born Woman[M]. Trans. Betsy W. Minneapolis: University of Minnesota Press, 2001: 63.

对立中产生的优劣等级制二元对立。按照等级对立的逻辑，世界将被分为主导者和被支配者，优势者和劣势者，特权者和边缘化者等，这种划分是不平等生成的主要原因。随着话语权由夺取权力的那一方控制，处于劣势的一方则成为他者而被忽略。勒古恩试图在她的文学世界中讲述那些未被讲述的他者的故事，例如在儿童文学中讲述动物的故事，以及在她的科幻小说中讲述外星人的故事等。评论家埃拉娜·戈梅尔（Elana Gomel）曾提出这样一个问题："为什么我们需要外星人?"她回答道："外星人一直都是我们自己而已。"戈梅尔认为，科幻小说不仅仅是为了讲述想象中的外星人的故事，同时也是为了讲述被异化了的"我们"自己的故事。①

第一节
《罗卡农的世界》中被忽略的故事

一、罗卡农和塞姆利：不同的旅程

《罗卡农的世界》（*Rocannon's World*，1966）是勒古恩的第一部长篇小说。因该作品为勒古恩的早期作品，所以关于这部

---

① Gomel E. Science Fiction, Alien Encounters, and the Ethics of Posthumanism[M]. New York：Palgrave Macmillan，2014：116.

小说的研究几成空白。目前为止，国内甚至没有进行过翻译。该作品由两个看似独立但又相关的故事组成：塞姆利（Samley）的故事和罗卡农（Rocannon）的故事。从结构上来讲，罗卡农的故事是核心部分，而塞姆利的故事仅是罗卡农故事的引言或者序言。确实，相比核心的罗卡农的英雄传奇故事，塞姆利的故事看似只是一个轻薄的简单故事而已。罗卡农在一个博物馆里遇见了穿越时空、来自外星球的神秘又迷人的塞姆利。作为人类学家的罗卡农带着极大的好奇心，同样穿越时空，前往塞姆利所在的星球调查外星物种。然而，在旅行中，他和同事们被袭击，只有他自己幸存下来。罗卡农认为这群敌人将对他自己的星球构成威胁。最终，他利用敌人的高杀伤力武器，消灭了这群敌人，被人们铭记为英雄。与英勇的罗卡农不同，女神般的塞姆利离开丈夫和女儿，穿越时空，寻找她本以为能为丈夫的王国带来复兴机会的神秘项链——"海之眼"。当她千辛万苦带着项链回到家时，发现丈夫已经去世了，而她的孩子也早已长大，甚至不认识自己。面对这些变故，塞姆利失望之余消失在森林中。她什么也没有得到，却为这段冒险旅程花去了她人生中最重要的时光，成为一个悲剧。

　　他们的故事发生在不同的时间和空间。与罗卡农的漫长冒险相比，塞姆利的旅程时间较短，并且发生在一个狭小封闭的空间里。虽然她贵为王后，然而为了让丈夫即将灭亡的哈兰王国恢复昔日的辉煌，她开启了寻找祖传项链的旅程。当她来到亲生父亲的基里恩王国寻求帮助时，她发现父亲的王国已经变成荒原，父亲斗志全无，告诉她项链早已被抢走，回荡的只是一遍又一遍的叹息声。而塞姆利没有放弃，她坚信自己能为丈夫的王国做点什么。她毫不迟疑，继续前往菲亚村。智慧的菲亚人（The Fiia）告诉勇敢的塞姆利，可以进入克莱曼人（The Claymen）居住的洞穴寻找项链的下落。进入洞穴后，经过一番讨价还价，克莱曼人答应带塞姆利寻找项链，但条件是塞姆利得拿最珍贵的东西来交换。他们带塞姆利去的地方就是罗卡农所在星球的博物馆。博物馆里展示了很多从殖民地强夺过来的物品，其中就有塞姆利的项链。塞姆利带着项链穿越时空，回到自己星球时，她以为只过了一个晚上，而实际上十六年过去了。塞姆利为了得到项链，用去了人生中重要的十六年光阴。

相反，罗卡农的旅程在时间上持续了很长一段时间，在空间上也不断扩展。他的第一次旅行基本跟塞姆利的旅程相似，相对较短。罗卡农的旅程始于哈兰王国，经过克莱曼人的洞穴，再进入菲亚村，最后返回哈兰王国。而第二次旅行很长：穿过托兰和普莱诺的领土，穿过陆地和海洋，继续沿着海岸线进入森林，进入敌人的藏身之处。与罗卡农复杂而漫长的旅程相比，塞姆利的旅程相当短暂。就像压缩了的时空一样，塞姆利的故事只是罗卡农故事的序言，而罗卡农的故事则成为小说的核心。

二、罗卡农（男性）的英雄故事：曾经的人类学家

罗卡农本是一位人类学家，在博物馆遇到塞姆利之后，他意识到其他外星球人并非比他们低劣，他们的殖民实际上是一种侵略行为。因此，他批判政府在塞姆利星球上推行的殖民政策："我们对这个人们一无所知的星球到底做了些什么？为什

么我们要拿走他们的钱，然后不断地逼迫他们？我们有什么权力这样做?"①他的质疑其实变相地回答了为什么塞姆利家族的项链在罗卡农星球的博物馆里。这是他们的战利品，而塞姆利的丈夫和父亲的王国的衰落也很可能是罗卡农推行星球殖民引发的后果。为了更深入地了解塞姆利生活的星球，罗卡农开启了跨越星球的旅程。

起初，罗卡农来到塞姆利星球是为了更好地了解外星人，他的到来有可能给塞姆利星球带来和平、繁荣与希望。然而，当罗卡农发现他的同事们被杀，飞船也失踪时，他的目标发生了变化。他认为所有的这一切都是叛乱分子造成的，并且他们可能拥有致命的武器。从那时起，罗卡农在这个星球上的目标转变为消灭敌人。和塞姆利一样，罗卡农在寻找敌人的路上遇到了神秘的菲亚人。这群菲亚人答应赋予罗卡农一项能够聆听敌人心声的超能力，但条件是罗卡农要交出一件他最珍视、也最不愿意给的东西。当罗卡农获得超能力，并利用他的超能力消灭敌人时，他成了英雄，但失去了成为一位真正的人类学家的机会。罗卡农的心灵聆听能力是建立在无知与仇恨之上的，因此是危险的。勒古恩写道：

> 他(罗卡农)"听到"的不是言语，而是意图、欲望、情感，许多不同的人的地理位置和感官精神方向。这些在他

---

① Le Guin U K. Worlds of Exile and Illusion: Rocannon's World, Planet of Exile, City of Illusions [M]. New York: Tom Doherty Associates Book, 1995: 27.

自己的神经系统中混乱着、重叠着。一阵可怕的恐惧和嫉妒袭来，随之而来的满足感和无底洞似的深渊，交织成一种一知半解的一阵阵剧烈的眩晕感。①

在获得这种超能力之前，罗卡农有机会跟来自菲亚村的京(Kyo)学习一种聆听思维的能力。京的思维聆听是建立在相互理解的基础上的，然而罗卡农没来得及学会，就获得了聆听敌人心声的能力。与京的聆听思维的能力相反，罗卡农的心声聆听不是为了理解，而是为了控制。换句话说，罗卡农拥有了聆听心声的天赋，但失去了人类学家的感知。他从一个人类学家转变成英雄。他通过聆听敌人的信息，成功地消灭了敌人。虽然这一刻对于罗卡农和他的星球来说是大快人心的成功时刻，但是这一刻被描写成恐怖、灾难性的瞬间：

> 在接踵而至的喧嚣和狂风中，奔驰的马尖叫着逃跑，随之惊恐地倒在地上。罗卡农挣脱了马鞍，蜷缩在地上，双手抱着头。但他无法将它拒之门外——不是光明，而是黑暗，黑暗蒙蔽了他的心智，他自身感知得到，一瞬间就有上千人死去。死亡，死亡，一次又一次的死亡……这一切都在他的身体和大脑中同时发生。之后，

---

① Le Guin U K. Worlds of Exile and Illusion: Rocannon's World, Planet of Exile, City of Illusions [M]. New York: Tom Doherty Associates Book, 1995: 99.

一片死寂。①

这一刻为何被勒古恩描述成黑暗恐怖的瞬间呢？"死亡，死亡，一次又一次的死亡……"罗卡农使用敌人们致命的武器歼灭了他们。虽然他为自己的星球除掉了敌人，但这却给塞姆利星球带来了灾难，因为敌人的致命性武器造成了数千人的死亡与毁灭。这一刻的描述很像第二次世界大战期间，美国向日本广岛和长崎投掷原子弹的场面。虽然该行动无疑迫使日本无条件投降，但是这种致命性武器给未来带来的危险和灾难也是致命性的。库尔特·冯内古特（Kurt Vonnegut）在著名的反战科幻小说《第五屠宰场》（*The Slaughterhouse-Five*）中描述了"二战"时期德国德累斯顿一夜之间被英美联军轰炸为平地的历史。小说中的主人公作为俘虏，目睹了这场灾难，也看到了战争的残酷，这给他留下了无法治愈的精神创伤。小说中引用了一些关于这场轰炸的新闻，其中一些新闻从英美联军的角度，把那场炮轰描述得像诗画一般唯美。但这对被侵略的主人公来说，这些叙事抹去了这些在场者视角的叙事。同样，在勒古恩的这部小说中，那段文字没有描述轰炸敌人堡垒之后的成功喜悦，而是描述了死亡来临前的黑暗瞬间。

---

① Le Guin U K. Worlds of Exile and Illusion：Rocannon's World，Planet of Exile，City of Illusions［M］. New York：Tom Doherty Associates Book，1995：109-110.

三、被忽略的塞姆利(女性)的故事：读者的选择

虽然《罗卡农的世界》由两个故事组成，但小说的标题却是以罗卡农的名字命名的。在《罗卡农的世界》中，塞姆利的故事看起来好像只是一个简单的序言。塞姆利为了项链"海之眼"开始了旅行，但是她的旅行很失败，因为她不仅花费了 16 年的时间，而且她拿回的项链并没有给她丈夫的王国带来任何希望。然而，她的这次失败之旅并非毫无价值。基姆·柯克帕特里克(Kim Kirkpatrick)指出，塞姆利的故事反而更值得深入研究。对于哈兰王国的已婚妇女而言，塞姆利是一位特别的女性。[①]她为了一条珍贵的项链和丈夫的王国，勇敢地踏上了未知的旅程。塞姆利的故事告诉我们，她父亲和丈夫的王国都被来自外星的陌生人入侵了。她的人民被致命武器打败，战争结束后，他们不得不支付沉重的税款。塞姆利的悲剧主要源于她的星球被另一个被称为"星主"的群体殖民。罗卡农的故事以"星主"为副标题开始，而罗卡农恰恰被塞姆利星球上的人们称为"星主"。这再次提醒，罗卡农星球的人们过去曾入侵塞姆利的星球，并在殖民成功之后通过征税来扩张他们的殖民政策。根据罗卡农从他的星球带来的《银河系第八区手册》的记录，星主们

---

① Kim K. Maturing Communities and Dangerous Crones [M]//Herbold R. Narratives of Community：Women's Short Story Sequences. Cambridge：Cambridge Scholars Publishing，2007：309.

曾"对一号物种和二号物种进行控制和征税"①。

在小说的开头，勒古恩写道，说出真相如此困难："如何才能从这些离我们遥远的传说中找出历史的真相？无名的星球，被人们简称为世界，这些没有历史记载的星球，仿佛只是一个个神话，而一个归来的探险家却发现自己几年前的所作所为竟被赋予了神的光辉。"②当历史成为神话时，真相就隐藏在黑暗中。勒古恩对揭示真相的探索是通过讲故事来展开的。讲述罗卡农的神话，实则是在讲述塞姆利的故事。勒古恩曾在1964年以短篇小说形式，出版过塞姆利的故事，题为《安雅尔的嫁妆》。而后她把这个故事编入1966年出版的《罗卡农的世界》的序言，标题改为《塞姆利的项链》。之后，在1975年，这个故事在她的短篇小说集《风的十二个方向》(The Wind's Twelve Quarters)中再次出现，题目为《塞姆利的项链》。可见，勒古恩本人非常喜欢这个故事。在《风的十二个方向》一书的前言中，勒古恩说："《塞姆利的项链》的结构从简单逐渐转变为更强有力、更复杂的形式。"③也就是说，塞姆利的故事从一个简单浪漫的短篇小说，在经历了《罗卡农的世界》的序言，再到《风的

---

① Le Guin U K. Worlds of Exile and Illusion: Rocannon's World, Planet of Exile, City of Illusions [M]. New York: Tom Doherty Associates Book, 1995: 22.

② Le Guin U K. Worlds of Exile and Illusion: Rocannon's World, Planet of Exile, City of Illusions [M]. New York: Tom Doherty Associates Book, 1995: 3.

③ Le Guin U K. The Wind's Twelve Quarters [M]. New York: Harper Perennial, 2004: 1.

十二个方向》中的《塞姆利的项链》之后，逐渐变得复杂。除了开场白以外，塞姆利并没有出现在罗卡农的故事中，勒古恩认为塞姆利的故事并没有如此简单。而以独立的短篇小说《塞姆利的项链》的形式再次出现时，塞姆利成为真正的英雄——不同于消灭敌人的胜利者，她是一个明知失败却依旧尝试的不一样的"英雄"。勒古恩如此偏爱塞姆利的故事，并不断用不同方式重复的原因在于塞姆利的故事不同于那些成为历史或者神话的英雄故事。她的故事看似如此简单，并且以失败而告终，但这种经常被忽略的他者的故事正是勒古恩需要通过文学这一载体来讲述的部分。或许，在英雄罗卡农眼中，塞姆利只是一个有魅力且贪婪的女人，她为项链选择冒险；然而，在人类学家罗卡农眼中，塞姆利是一个勇敢的女人，与她的相遇触动他去了解塞姆利星球，批评自己政府的殖民行为。塞姆利到底是一个贪婪的女人还是一个勇敢的女人，这取决于罗卡农选择从哪种视角去看待——对读者来讲也是如此。那在我们读者眼里，塞姆利到底属于前者还是后者呢？

第二节
《世界的词语是森林》中缺失的历史

一、殖民者叙事的历史

前一节分析了罗卡农的英雄故事和塞姆利的悲剧故事之间

的关系，本节将探讨殖民者的历史叙事与被殖民者的故事之间的联系。与《罗卡农的世界》相似，《世界的词语是森林》（*The Word for World Is Forest*，1972）一书有两个主角：戴维森（Davidson）和塞尔弗（Selver）。戴维森是一个反派角色，他来自一个破旧的星球——泰拉星（Tera）。在戴维森看来，新星球亚瑟士（Athshe）上除了原始森林外，什么也没有，而森林意味着泰拉星"先进文化"的开垦对象。因此，戴维森与他星球上的人们在这片"空旷"的森林中建造了一座"伟大"的城市。他从城市最高处俯瞰着这片土地，认为他们的壮举给这片死气沉沉的森林带来了无比的生机。

　　然而，对原住民亚瑟士人（Athsheans）来说，森林本身就充满活力：

　　　　铜柳的根部厚实而有棱角，在流水边上长满了青苔，流水像风一样慢慢移动，又似乎受到岩石、树根、垂枝的阻碍，产生了涡流，停了下来。在森林里，没有一条路是清晰的，没有一道光是不间断的。总是有叶子和树枝、树干和树根，与风、水、阳光、星光交织在一起，汇聚成阴暗、复杂的一团……地面并非干燥坚实，反而潮湿又富有弹性，是生物与树叶和树木长时间精心与死亡协作的产物；从那片肥沃的墓地里长出了 90 英尺高的树，还有半英寸宽的小蘑菇……这里任何事物都无法一

目了然：没有确定性……①

透过亚瑟士人塞尔弗的眼睛，读者可以看到流水中柳树的根，风、水、阳光、星光，还有树叶和树枝——它们是如此复杂又生机勃勃地交织在一起。不仅如此，在看似即将死去的枯叶和枯树中，仍滋生着新的生命。这一切戴维森却一点也看不到。戴维森眼中只有他的族人，认为泰拉人才属于人类；而亚瑟士人身为外星的原住民，不属于人种，是低等生物，被称为"克里奇"（creechies）。泰拉人殖民亚瑟士星球之后，逼迫亚瑟士的男性当奴隶，而女性则沦为性玩具。残忍的殖民历史从不乏悲剧的故事，对于亚瑟士人也是如此。一天，悲剧降临到塞尔弗一家：塞尔弗的妻子被戴维森强奸并杀害，塞尔弗带着绝望与怨恨逃跑。几个月后，塞尔弗带着一群族人来到史密斯阵营复仇，戴维森死里逃生。而后，戴维森公开了史密斯阵营遭受大屠杀的来龙去脉，但他的报道只是关于"克里奇人"是如何攻击"人类"的，对他们自己奴役亚瑟士人和他自己强奸害死塞尔弗妻子的事实只字未提。在《非欧几里得视角：加利福尼亚是一个冰冷的地方》（*In Non-Euclidean View of California as a Cold Place to Be*）一文中，勒古恩强调了历史叙事的问题所在，她以沃尔顿·比恩（Walton Bean）教授的《加利福尼亚：一个解

---

① Le Guin U K. Ursula K. Le Guin：Hainish Novels and Stories：Volume Two[M]. Ed. Attebery B. New York：The Library of America，2017：17.

释性的历史》(*California*：*An Interpretive History*)为例，指出很多殖民者的历史叙事是通过"有意地遗忘"美洲土著人才得以成立的。勒古恩认为这种"有意的遗忘"是殖民者记录历史的一种叙事方法，[①] 即殖民者通过遗忘被殖民者的历史、遗忘自己的殖民行为、只叙述部分事件来勾勒出自己的历史。

二、被遗忘的历史

小说《世界的词语是森林》的创作与美国参与越南战争这一历史事件有紧密联系，同时，该小说也反映了勒古恩鲜明的反战态度。她用这部小说来证明美国的参战动机潜藏着一种危险的幻想：美国人(或者以欧洲白人为中心)是优越的、文明的、理性的人群。而基于这种幻想，他们相信自己能够创造一个更美好的世界。在中国神话中，有一个关于浑沌之死的故事，庄子的版本如下：

> 南海的皇帝叫倏，北海的皇帝叫忽，中部地区的皇帝叫浑沌。倏和忽不时地在浑沌的领土上一起见面，浑沌对他们非常慷慨。倏和忽讨论如何报答他的恩情。他们说："所有的人，都有七个窍，所以他们可以看到、听到、吃到，还可以呼吸。但唯独浑沌没有七窍。让我们试着给他凿出七窍!"他们每天都给他开一窍，到了第七

---

① Le Guin U K. Dancing at the Edge of the World：Thoughts on Words，Women，Places[M]. New York：Grove Press，1989：83.

天，浑沌就死了。①

在这个故事里，倏和忽带给浑沌新的秩序，即"七窍"，而这个新秩序导致了浑沌的死亡。在小说中，亚瑟士人的森林最初是一个混乱的自然之地：没有明确的道路，小路不直，地面上生物共存。然而，泰拉人抵达亚瑟士星球之后摧毁了亚瑟士本有的"混乱"秩序，用他们的"新"秩序取代了旧秩序。然而，随着新秩序的确立，森林反而逐渐失去生命力。

在人类的历史长河里，打着带来更好的文明之旗号而进行殖民的历史长期存在。勒古恩的母亲狄奥多拉·克鲁伯（Theodora Kroeber）在她的著作《两个世界中的伊希》（*Ishi in Two Worlds*）中讲述了伊希——加利福尼亚州最后一个雅希印第安人的故事。该书出版后，曾一度成为人类学研究方面的畅销书。值得注意的一点是，伊希本是勒古恩的父亲——著名人类学家阿尔弗雷德·路易斯·克鲁伯（Alfred L. Kroeber）的朋友，也是克鲁伯的重要研究对象之一。而伊希去世之后，勒古恩的父亲因复杂的情感放弃撰写关于伊希的研究。此后，他把自己积累的所有相关研究资料交给妻子执笔完成。这本书从人类学的角度，通过伊希的故事，讲述了被殖民者的历史。书中还有一段记录描述了雅希族人被殖民后的残酷历史："在 1852 年至 1867 年，加利福尼亚州白人绑架印第安儿童的数量从三千增长

---

① Zhuangzi. The Complete Works of Zhuangzi [M]. Trans. Burton W. New York: Columbia UP, 2013: 146.

到四千，这些儿童被当作奴隶出售或作为廉价帮工饲养着；每一个印第安妇女、女孩和女童都有可能在这数千起案件中实际遭受多次强奸、绑架和被迫卖淫之害。"①书中狄奥多拉·克鲁伯指出，在人类历史的中心，为殖民化而进行的血腥入侵已经发生了很多次，而且仍在继续：

> 这样的侵略已经发生过很多次，并继续发生在人类历史上，也发生在各种生命形式的历史上；它们是每种植物和动物为自己和后代创造或占据一席之地的生理冲动的一部分。入侵，是达尔文意义上的斗争和生存的必然行为；它是本能的、原始的，而且本身是非人道的行为。②

在《厄休拉·K. 勒古恩的世界》(*Worlds of Ursula K. Le Guin*, 2018)这部纪录片里，勒古恩说她母亲的书打开了很多人的眼界，也包括她自己的。但同时她指出母亲的分析有欠缺之处，不过至少揭示了美国人一个他们不愿意承认的真相，也就是，白人在过去曾做了一些可怕的事情。而这些历史片段，在《世界的词语是森林》这本小说中以文学故事的形式再现。例如，勒古恩通过塞尔弗之口讲述了被殖民者的故事。

---

①　Kroeber T. Ishi in Two Worlds[M]. Berkeley：University of California Press，1961：46.

②　Kroeber T. Ishi in Two Worlds[M]. Berkeley：University of California Press，1961：48.

　　我是塞尔弗·塞勒。当我住在索诺的以实列时，尤曼
人(亚瑟士人对泰拉人的称谓)大肆砍伐树木，致使我的城
市被毁。我和妻子为他们工作。有一天，我的妻子被其中
一人强奸致死。我得知她的死讯之后，袭击了杀害她的凶
手，但他们人数众多，我不是他们的对手。当时他差点杀
了我，但他们中的另一个人把我救了下来，我才得以逃
脱……他们摧毁了那里的另一座城市——彭勒(Penle)。他
们抓了一百名男人和女人，让他们为自己服务……那些男
人大概已经逃走了，但女人们被关在更严密的地方，无法
逃跑，估计都已经死了。①

塞尔弗讲述了人类殖民统治下被殖民男女的悲惨遭遇。然而，
他的这些叙事只有逃离戴维森等人统治的领域，才能被讲述。
被殖民者的历史只有他们自己知道，没有被更多的人听到。佳
亚特里·斯皮瓦克(Gayatri Chakravorty Spivak)在一篇著名的文
章——《底层人能发出自己的声音吗》(Can the Subaltern
Speak?)中指出，底层阶级因没有历史、没有话语权，从而不能
为自己发出声音。该文还进一步探讨知识分子是否可以替底层
人们发声，而作者认为这也是不太可能的，因为知识分子的话
语也受权力话语的支配。小说里有一个对亚瑟士人非常友好的
人物，即人类学家拉吉·柳博夫博士。下面我们了解一下这位

---

① Le Guin U K. Ursula K. Le Guin: Hainish Novels and Stories:
Volume Two[M]. Ed. Brian A. New York: The Library of America, 2017: 20.

知识分子在叙述被殖民者的历史时出现的问题。尽管他比《罗卡农的世界》里的罗卡农更像一位人类学家，但是他对外星文明的解释依旧具有局限性。

三、后现代叙事：历史与小说之间

早期研究勒古恩文学作品的评论家夏洛特·斯皮瓦克（Charlotte Spivack）指出，"勒古恩的作品中常常出现人类学家这一角色。然而，这一职业设定并不只是为了塑造人物形象，而是为了表达一种人物的处境。作为故事人物的人类学家，他们既是事件的观察者，也是参与者，这两种身份交织在一起，展现出故事的张力"[①]。小说中，柳博夫虽然与戴维森来自同一个星球，但他愿意与亚瑟士人交朋友，并以不同的方式诠释他们的文化。当奥克纳维抱怨亚瑟士人工作效率过低时，戴维森说那是因为亚瑟士人懒惰，同时也是因为他们是低劣的生物。然而，柳博夫解释说，这种工作的无效性是由于泰拉人干扰了亚瑟士人的睡眠模式而产生的。在成为奴隶之后，亚瑟士人无法让自己的睡眠模式适应泰拉人的工作模式。亚瑟士人通常日夜以 120 分钟为一个周期睡觉，但他们被迫在白天工作。他们的睡眠模式被干扰，男人变得"昏昏沉沉、困惑、孤僻，甚至紧张"，女人则表现得"闷闷不乐、无精打采"[②]。

---

① Spivack C. Ursula K. Le Guin[M]. Woodbridge：Twayne Publishers，1984：5.

② Le Guin U K. Ursula K. Le Guin：Hainish Novels and Stories：Volume Two[M]. Ed. Brian A. New York：The Library of America，2017：62.

　　亚瑟士人的睡眠模式根植于他们的梦境文化。对于亚瑟士人来说，他们的梦是维系社会秩序的一种重要机制，也是亚瑟士人与世界沟通的一种手段。但因泰拉人对亚瑟士人的文化一无所知，也就没有意识到梦境对亚瑟士人的巨大影响。亚瑟士人花很多时间讨论自己的梦境，因为梦境会给予他们一些关于过去、现在和未来的事情的启示。梦境也将个人与社会联系起来，帮助他们更加透彻地了解自己。在亚瑟士人的文化中，睡眠时间中的梦有其阐释功能，即通过解释梦来更好地阐释他们在现实中的欲望。然而，泰拉人没有理解梦在亚瑟士文化中的重要作用。因为对于泰拉人来说，睡眠时间的梦是一种物理现象，而白日梦是人们对未来的心理预期，它们之间没有密切的联系。对戴维森来说，在睡眠时间做梦是没有任何意义的，因为它是没有用的。而清醒时做的梦，也就是我们所说的"梦想"，才是有用的，因为这种梦可以编织未来。作为一个梦想家，戴维森拥有一个殖民梦，即在这个外星建立一个属于自己种族的天堂，一个真正的伊甸园，一个完美的世界。

　　尽管人类学家柳博夫试图在公众面前讲述塞尔弗的故事，但由于他也无法真正理解亚瑟士人的梦境文化，所以他的叙事同样受限。泰拉文化中的两种梦是分裂的，换句话说，睡眠时的梦和梦想(或白日梦)之间的分裂使得柳博夫无法理解在亚瑟士文化里梦与睡眠是如何发挥社会功能的。小说间接讲述了泰拉人的殖民梦想是如何以奴役亚瑟士人的方式才得以实现的。换言之，泰拉人的美梦对亚瑟士人而言是一场噩梦。睡眠时做的梦与醒着的时候思考的梦想有着密切的联系，而两者的分离使得泰拉人无法看到它们也在相互影响。在勒古恩的另一部著名的科幻小说《天钩》(*The Lathe of Heaven*，1971)里，主人公乔治·奥尔(George Orr)有一个苦恼，就是他做的梦会变成现实——他的梦与现实是直接联系在一起的。为了不受影响，他去寻求精神病理学家威廉·黑伯尔(William Haber)医生的帮助。然而，当医生发现他的秘密之后，反而用语言控制他的梦，从而实现自己的乌托邦梦想。而他的乌托邦梦想，反而使世界变得越来越糟。这个故事里，黑伯尔医生并不是恶人，但是他的控制行为使得整个现实世界成为他的幻想之地。

琳达·哈琴(Linda Hutcheon)在谈论历史叙事的问题时指出，当叙事分为格格不入的两个阵营，即历史和小说(虚构)之后，叙事的问题就已经产生了。正如小说中睡眠的梦与梦想之间的关系一样，历史与小说本源自同一棵知识之树，但如今它们是分开的：历史被当作真理，而小说被当作谎言。哈琴批判了它们之间的割裂，她认为"历史也是一种虚构。它是人类心中的一个梦，一个永远努力的方向……"①她进一步指出，"如果没有意识到历史叙述中的虚构性，它就会变得很危险"。勒古恩的科幻小说，亦在以独特的方式诉说着这种危机。

---

① Hutcheon L. A Poetics of Postmodernism[M]. New York：Routledge，2004：111.

第三节
《幻影之城》中故事叙事的消亡

一、传统多种叙事与现当代信息叙事的冲突

前一节论述了历史叙事的问题；这一节将探讨以信息叙事为主流叙事形式的社会里，故事的消亡。《幻影之城》(City of Illusions，1967)讲述了一个迷失自我的人在一个幻影之城寻找自己的故事。小说的开头，一个没有记忆、没有名字的男子出现在森林里。他的记忆里什么也没有，脑海里只有空洞的回声。幸运的是，这个黄眼睛的男人被森林里的帕斯一家收留。这位无名氏不同于玛丽·雪莱(Mary Shelley)的《弗兰肯斯坦》(Frankenstein：or，The Modern Prometheus)中的无名怪物，他不仅被接纳为家庭成员，得到"福克"(Falk)的名字，还接受了一定的教育。小说中，森林是一个多种古代叙事(例如，传说、音乐和古籍等)都还未消亡的地方。五年之后，他为了寻找失去的记忆，离开森林，走向星之城(the Shing's city)。与森林不同的是，星之城是一个现代化的、耀眼的、充满科技感的城市。然而，一进入该城市，福克就被监禁了起来。在被囚禁的房间里，福克观察到一幅奇异的画。这幅画由"交叉阴影"和"伪平行线"模式构成，这种构图让人产生视觉错觉。像这间屋子里

的画一样，星之城看似不真实："艾斯托奇（星之城中心地区）没有历史感，也没有时间上和空间上的延伸感，尽管它已经统治了世界一千年之久。这里没有图书馆、学校和博物馆，这里没有可以记起人类伟大时代的纪念碑等。"①在星之城里，只有星族属于上层阶级，其他种族都属于下层阶级。

星族控制他人的主要方式是通过抹掉历史叙事、虚构的故事等，创造他们的"谎言叙事"。具体来讲，他们创造谎言叙事的方式是把事实的一部分进行节选、压缩，或者重新排列。在星之城，福克遇到了一个男孩，名叫奥瑞（Orry）。奥瑞告诉福克，他俩来自同一个外星球，福克的真名是阿加德·拉马伦（Agad Ramarren）。若干年前，当他们的飞船抵达这个星球时，他们遭到了攻击，大多数人被杀，只有他俩活下来。之后，福克失去记忆，不知下落，而奥瑞被星族收留。然而，福克认为奥瑞的叙事是十分不可靠的，因为若干年前，也就是他们被袭击时，奥瑞还只是个婴儿，他所知道的大部分都是星族告诉他的，而不是源自他自己真实的记忆。不仅如此，奥瑞的叙事过分简单且单一，只有事件的一小部分而已。让-弗朗索瓦·利奥塔（Jean-François Lyotard）在《后现代状况》（*The Postmodern Condition*）一书中提道，后现代状况下，宏大叙事（metanarrative）是不可靠的，因此提出微观叙事（small narratives）的重要性。星之城几乎把所有微观叙事都抹掉了，只

---

① Le Guin U K. Worlds of Exile and Illusion: Rocannon's World, Planet of Exile, City of Illusions [M]. New York: Tom Doherty Associates Book, 1995: 327.

剩下一条法律条目作为唯一的叙事，也就是"不可杀生"。这条法律建立在常识——"杀戮是不好的"这一基础之上。星族将这条法律作为神圣的信仰。在从森林到城邦的旅途中，福克遇到了一些动物，比如野猪和野鸡。这些动物告诉他，夺走生命是错误的。不论是奥瑞的叙事，还是星族的法律法规，其共同点在于它们都类似于信息叙事，极其简洁，同时抹掉了故事性，也消除了多种解释可能性。

二、信息叙事中故事的消亡

为了进行有效控制，星族禁止使用其他形式的叙事，如音乐、神话(故事)，甚至历史等。在这个城市里，唯一的真理就是那条法律——"不可杀生"。他们把这条法律神圣化为唯一的信条。在维克多·雨果(Victor Hugo)的《悲惨世界》(*Les Misérables*)中，冉·阿让因偷面包给饥饿的外甥而被捕。沙威探长对法律有着坚定的信仰，他认为冉·阿让不可救药，始终在追捕他。在他看来，善与恶之间没有模棱两可的界限。对沙威来说，法律决定了人们所做事情的意义。米歇尔·福柯(Michel Foucault)在他的著作《知识考古学》中指出叙事本身就是权力的再现。具体来讲，他认为权力与知识(话语或叙事)的关系是相互关联的：一方面，权力产生不同类型的知识；另一方面，知识产生权力。在《幻影之城》中，星族通过制定极其简化的法律来获得统治权。而通过这种权力，他们把其他可能的叙事形式全部抹杀。在他们现代化建筑闪耀的城市里，没有任何历史的痕迹，也没有任何关于过去或者将来的故事，剩下的只有一条单薄但被神圣化的法条。

在《机器中的鬼魂》（*The Ghost in the Machine*）的序言中，亚瑟·库斯勒（Arthur Koestler）提到他写这本书的目的在于："在前一本书《创造的行为》中，我探讨了艺术、发现，以及人类的荣耀。本书对人的困境进行讨论，从而完成了一个循环。人类思维的创造力和病理问题像同一枚奖章的两面一样。第一面展现我们人类的辉煌，第二面则隐藏着那般辉煌面具下的对立面，那个充满怪物、鬼魂的一面。"①勒古恩将目光转向第二面，讨论了人类闪耀的文明背后的对立面。在《幻影之城》里，森林里的人们拥有一种神秘的东西，叫作"图案框架"（Patterning Frame）。在福克去星之城的旅途中，他进入了一个叫堪萨斯（Kansas）的地方。在这个地方，他遇到了堪萨斯王子，王子也有他的图案框架。王子邀请福克玩一种游戏，游戏规则是只要福克破解图案框架就能赢。玩游戏的过程中，王子告诉福克，世界上的一切都有它的模式，唯有破解他人的模式，才能赢得游戏。如果福柯所提到权力与叙事是一种图案框架，那么勒古恩正试图通过她的科幻小说，利用古老东方的道家智慧寻找破解该模式的一种方法。在《幻影之城》中，福克逃离星族控制的方法是不断回忆他在森林里被教导的一本古书，也就是《道德经》的第一章："道可道，非恒道。名可名，非恒名。"②下一章我们将继续探讨勒古恩如何利用道家思想来破解固有的

---

① Koestler A. The Ghost in the Machine [M]. London：Hutchinson & Co，1967：xi.

② Lao T. Lao Tzu：Tao Te Ching：A Book About the Way and the Power of the Way [M]. Trans. Le Guin U K，Sweet J P. Boston：Shambhala Publications，1997：336.

图案框架，建构新的叙事模式。接下来的章节里，我们将探讨勒古恩的新叙事模式的主要构造。

在这一章，我们通过分析《罗卡农的世界》《世界的词语是森林》和《幻影之城》中权力与叙事的关系，回顾了勒古恩的等级制二元对立叙事问题。在《罗卡农的世界》里，塞姆利的故事很容易被忽略，因为它只是罗卡农故事的开场白。勒古恩认为，等级世界中的故事主要通过压制他者的声音，讲述主流叙事。在《世界的词语是森林》一书中，勒古恩在历史叙事中探索了类似的模式，即历史叙事的最大问题——为了讲述殖民者的故事，被殖民者的历史被有意地遗忘。在《幻影之城》中，勒古恩通过讲述故事叙事的死亡，阐释了讲述者是如何通过信息叙事来控制人们的。通过对三部小说的分析，笔者探究了勒古恩对等级制二元叙事问题的批判。

第三章

道家思想：解构等级制二元对立叙事的工具

我们创造了太多的历史。

无论是否有我们

都将会是一片寂静

唯有岩石和远处闪耀着的光。

但我们需要的是

傍晚时分

在柳树下的枯水

闲聊关于燕子的声音。

我们需要了解河流

蕴藏着鲑鱼和海洋

拥抱鲸鱼

就如同身躯容纳灵魂一样

现在时分，现在时分。

——《不定式》，厄休拉·K. 勒古恩

真相是散落成无数碎片的镜子，每个人都认为自己看到的一小片是完整的真相。

——《哈吉·阿卜杜·埃尔-叶兹迪的卡西达》，
理查德·伯顿（Richard Burton）

在《非欧几里得视角：加利福尼亚是一个冰冷的地方》一文里，勒古恩探讨了历史学家如何利用"有意地遗忘"来创造美国历史，并如何通过"发现"来虚构历史。

一个欧洲人(指恺撒大帝)"发现"了一片未被开化的领土。历史学家松了一口气，开始讲述这个地方是如何被"发现"的。这个地方通常被称为殖民地。传统上历史学家将历史局限于书面记录，这种做法是不可避免的，是具有合理性的。但我认为这也是比较危险的方式，因为，这种做法可能会使用太多"有意的遗忘"，来重新建构，甚至虚构原有的事实。①

勒古恩曾提道，她写《世界的词语是森林》是想借此表达一种对美国加入越南战争的批判。虽然戴维森和他的人民认为亚瑟士星球是被他们"发现"的，但其实是他们殖民了该星球。对他们来说，这个新世界，只是一个"空"森林而已。勒古恩说，纵观英美的历史，恺撒通过"发现"新大陆，"创造"了一个新世界。② 而这种新世界的发现是通过有意遗忘旧世界才得以完成的。

在《边疆》(On the Frontier)一文中，勒古恩讲述了她的父亲阿尔弗雷德·路易斯·克鲁伯(Alfred L. Kroeber)是如何通过观察文化的残骸来再现"被遗忘"的世界的。从人类学家父亲那里，勒古恩看到了通过痕迹重构历史真相的可能性。然而，勒古恩并没有选择人类学家的叙事方式。因为虽然作为人类学家，

---

① Le Guin U K. Dancing at the Edge of the World：Thoughts on Words，Women，Places[M]. New York：Grove Press，1989：84.

② Le Guin U K. Dancing at the Edge of the World：Thoughts on Words，Women，Places[M]. New York：Grove Press，1989：47.

她的父亲以及母亲通过文化残留讲述了一些被遗忘的真相，但是勒古恩发现人类学的叙事方式——"记录与翻译"——也受限于以欧洲为中心的二元对立思考模式。她认为在其父亲或者母亲的著作里，对土著人的描述伴有过多的异国情调色彩。勒古恩的母亲狄奥多拉·克鲁伯(Theodora Kroeber)在她的著作《两个世界中的伊希》中也犯了类似的错误，她把加州本土的伊希描述为"一个野人"。勒古恩说，"他(伊希)并非来自荒野，而是来自一种文化和传统，这种文化和传统比那些为了得到土地而屠杀他的人民的拓荒者更加根深蒂固"。在《性别有必要吗?》(*Is Gender Necessary? Redux*)一文中，勒古恩指出，"我们的诅咒是阴阳的分离(阳作为好的，而阴作为坏的这一二元对立)"[①]。

> 我们不是寻求平衡和整合，而是争夺统治地位，否定相互依存，这是危险的。我们应摧毁价值二元论，上/下、统治者/被统治者、拥有者/被拥有者、使用者/被使用者的二元论，我们应建立一种更健康、更健全、更有前途的融合和完整的模式。[②]

勒古恩从父母的错误中吸取教训，建议通过"借鉴古老中国思

---

① Le Guin U K. Dancing at the Edge of the World: Thoughts on Words, Women, Places[M]. New York: Grove Press, 1989: 16.

② Le Guin U K. Dancing at the Edge of the World: Thoughts on Words, Women, Places[M]. New York: Grove Press, 1989: 16.

想"——道家思想——来绘制新的思考模式。勒古恩于 1997 年
出版了译本《道德经》，书名为《老子：道德经，道的力量》。勒
古恩小时候就通过父亲接触过《道德经》。① 这本书是她父亲最
喜欢的书，他甚至经常翻阅，还说要从中为他的葬礼挑选最好
的悼词。这本书引导她"发现"自己独特的文学世界。她的文学
融合了道家思想，获得了不同于西方主流文学的独特魅力。与
以欧洲为中心的二元论相反，道教以一种平衡和相互依存的方
式构建了相反的力量。阴和阳在道教中起源于"一"，即阴/阳。
它们/它/不是分开的两个，而是平衡的相反的观念。从阴阳平
衡的观念出发，勒古恩"发现"了一个不同的世界，一个道家的
世界。如果说恺撒通过"发现"创造了一个新世界，那么勒古恩
则通过"发现"一个道教世界来解构恺撒的"新"世界。

　　理查德·D. 埃利希（Richard D. Erlich）总结了勒古恩文学
中阴阳的关系：

　　　　是二者也是一体。阴和阳形成了阴阳：带有弧线的动
　　态圆圈，传统上是在平衡的时刻（一种分界点）、在关系发
　　生变化、在阴或阳占主导地位之前的形象。当夜晚变得最
　　长的时候，阳的种子就会发芽，年轮就会转动：冬至。然
　　后，当阳气似乎要占据世界时，再次出现逆转：夏至。

---

　　① 理查德·D. 埃利希（Richard D. Erlich）引用了勒古恩谈论关于
《道德经》对她的影响："我在 14 岁时读了老子和《道德经》。我父亲把它
放在家里，是带有中文文本的旧版本。我偷偷地看了一眼，当时就非常着
迷。道教为我后来的创作奠定了底色。它不仅带有古老神秘主义的色彩，
而且与佛教交织在一起。"（55）

> 阴—阳的关系是黑与白(或橙色与天蓝色)的关系；是平衡的对立，而不是妥协的灰色。①

迈克尔·斯洛特(Michael Slote)在《阴阳的哲学：一种当代的路径》一书中提出西方哲学过于重视"阳"，即理性的控制，而忽略了"阴"，即"接受性"的一面。对此，李景林等人认为，"儒家哲学虽然区分阴与阳，但却缺乏'自主性'的观念，而其所理解的'阴'，则常与'温顺、顺从等性质'，亦即'被动性'联系在一起，因而儒家哲学的阴阳思想，亦不能明确持有'接受性'这一观念，并且，在中文中也找不到能够与'接受性'(receptivity)准确对应的词汇。因此，用'接受性'这一观念来诠释'阴'，便成为《阴阳的哲学》一书借以论证上述阴/阳互含平衡思想的核心一环"②。恺撒的发现和勒古恩的发现之间的区别在于不同种类的"力量"的参与：前者强调主动性，而后者强调的则是接受性。当恺撒的新世界在控制的力量的左右下而被发现的时候，勒古恩的不同世界则是在道家的力量——即无为的力量——的驱动下被发现的。这种无为的力量并不依附于强权，反而是从中解脱，追寻自由的力量。老子在《道德经》的第 29 章讲道：

> 将欲取天下而为之，吾见其不得已。天下神器，不可

---

① Erlich R D. Coyote's Song： The Teaching Stories of Ursula K. Le Guin[M]. Cabin John： The Borgo Press, 2010： 66.

② 斯洛特 M. 阴阳的哲学：一种当代的路径[M]. 王江伟，牛纪风，译. 北京： 商务印书馆, 2018： 72.

为也，不可执也。为者败之，执者失之。是以圣人无为，故无败，故无失。夫物或行或随；或觑或吹；或强或羸；或载或隳。是以圣人去甚、去奢、去泰。①

正如老子所说，对于勒古恩来说，那些通过控制世界来赢得世界的人反而破坏了世界。因此，勒古恩把她的科幻世界交给了那些缺少控制欲的主人公。勒古恩不愿把世界交到像恺撒一样的"英雄"手里，因此，她试着去用道教的接受性取代控制力，并探究通过失去恺撒的"新世界"是否可以发现"不同的世界"。勒古恩在她的科幻世界里做了一种"思想实验"，她对这种实验的解释如下：

实验是在头脑中进行的，问题是在头脑中提出的……它们是问题，而不是答案；是过程，而不是停滞……我认为，科幻小说的基本功能之一正是这种提问：颠覆习惯性的思维方式，隐喻我们还无法用语言表达的东西。这是一种通过想象进行的实验。②

在这一章中，笔者将通过阐述讲故事和道家思想之间的联系，来分析勒古恩是如何通过解构等级世界，进而发现她的道家世界的。

---

① 老子道德经 ［OL］. ［2024-10-13］. https：//www. daodejing. org/29. html.

② Le Guin U K. Dancing at the Edge of the World： Thoughts on Words, Women, Places［M］. New York： Grove Press, 1989：9.

第一节
解构旧叙事传统：《黑暗的左手》

一、视角的问题

在《左撇子的毕业典礼演讲》(*A Left-Handed Commencement Address*)中，勒古恩认为等级世界是一个以男性思维为主建构的世界，所以这个世界使用的是男性的语言。她接着说，我们已经听够了关于力量的言论，同时也受够了为生命而战的誓言。也许我们需要一些有别于此的"弱语言"来取代它。① 现代社会和后现代社会的人们生活在无尽的焦虑之中，因为世界依旧充满了恶性竞争、侵略、暴力，以及战争，而造成这些问题的原因是人们习惯用二元对立的视角看待世界。

勒古恩在她的代表作之一《黑暗的左手》(*The Left Hand of Darkness*, 1969)中，给读者提供了一种转换视角的方法。主人公是一位来自伊库盟的调查员让利·艾(Genly Ai)，在小说的开头，他以男性视角观察格森星球(Gethen)。初次面对双性合体的格森人，他觉得自己被一股无形的围墙包围，使他无法与

---

① Le Guin U K. Dancing at the Edge of the World：Thoughts on Words, Women, Places[M]. New York：Grove Press, 1989：115.

格森人建立真正的交流。故事的开头, 艾与埃斯特拉文
(Estraven)——格森星球前首相——相处得非常糟糕。其实,
艾对埃斯特拉文有很深的偏见, 这种偏见来自他对格森人"奇怪"性别的不确定性:

> 我曾经努力过, 不过每次我都会下意识地将对方先看
> 作一个男人, 然后又看成一个女人, 将他归类到我所在的
> 种群中。然而, 这样的归类对他们来说是毫无意义的。因
> 此, 现在我一边啜饮着热气腾腾的酸啤酒, 一边在想, 他
> 在饭桌上的表现很女性化, 很有魅力, 也很擅长社交, 但
> 是缺乏实质, 华而不实, 同时又太过精明。我不喜欢他、
> 不相信他, 也许正是因为这种温柔逢迎的"女性特质"吧?
> 将这个人看作一个女人实在不可思议——这个人现在就在
> 我身边, 森森然地坐在火炉边那个阴暗的角落里, 显得有
> 权有势, 喜欢冷嘲热讽。但每次想到他是个男人, 我心里
> 就会有一种虚假的感觉、一种面对伪装的感觉: 究竟是他
> 在伪装, 还是我自己在他面前伪装呢?①

在观察格森双性人时, 艾的心中总是不由自主地产生一种厌恶
感。同样, 在格森人眼中, 来自特拉星球(Terra)的艾也是一个
惹人厌恶的存在。他们认为, 从生物学角度来说, 这个外星人
是异生物体, 因为艾缺少双性中的一种性别。

---

① 勒古恩. 黑暗的左手[M]. 陶雪蕾, 译. 北京: 北京联合出版公
司, 2017: 13-14.

艾和格森人都过多地关注了对方的差异，而忽视了他们之间的相似之处。苏珊·弗里德曼（Susan Friedman）在《图绘》（*Mappings*）中谈道，过去，女权主义者将自己置于二元对立的陷阱里。因此，她们过多地关注了性别的差异性，而忽略了隐藏在差异之外的东西。① 玛丽亚·卢戈内斯（Maria C. Lugones）在《论多元女权主义的逻辑》（*On the Logic of Pluralist Feminism*）中强调差异最终会使人陷入负面情绪，因而建议应更多地关注相似性。② 由于看到了太多的不同之处，而忽略了相似之处，艾和格森人都被困在了自己造成的对他者的恐惧之中。然而这种问题不仅仅发生在不同星球之间，格森星球里的两个国家卡尔希德（Karhide）和奥格瑞恩（Orgoreyn）也受限于他们自己建造的对他者的恐惧。奥格瑞恩设有一个内部行政部门——萨夫（Sarf）。萨夫的职能不仅包括调查并处理虚假登记、未经授权的旅行等非法行为，还涵盖对广播、科学期刊等印刷品等文化和科研领域的审核。萨夫不仅检查人们的行为，还检查人们的思想。这种思想控制机构不由得让人们想起乔治·奥威尔（George Orwell）的反乌托邦小说《1984》。勒古恩的《黑暗的左手》中的主人公艾就像奥威尔的主人公温斯顿·史密斯一样，没能逃出思想的控制，被抓进监狱里。虽然艾没有犯下具体的

---

① Ferguson S. Mappings：Feminism and the Cultural Geographies of Encounter[M]. Princeton：Princeton University Press，1998：71-72.

② Lugones，M C. On the Logic of Pluralist Feminism. Feminist Ethics[M]//Card C. Feminist Ethics. Lawrence：UP of Kansas，1991：35.

罪行，但是奥格瑞恩政府仍担心他这个外星人会给他们的世界带来危险。另一个国家，也就是埃斯特拉文曾担任首相的卡尔希德也不例外。在新首相佩默·哈格·雷米尔·提贝（Hargerem ir Tibe）的控制下，卡尔希德也成为一个偏执的国家。提贝善于演说，并用他的精彩演说来控制国民：

> 他滔滔不绝地大声讲着颂扬卡尔希德，诋毁奥格瑞恩，贬斥"不忠派别"，探讨"王国边界的完整性"，此外还发表了一通关于历史、道德和经济的论述，慷慨激昂，忽而辱骂，忽而奉承，声音貌似虔诚，充满了情感。他大谈特谈国家的尊严和故土之爱，却几乎没有言及希弗格雷瑟、个人的尊严和威信。难道是因为在西诺斯谷事件上已经威严扫地，这个话题不能再提起了吗？不是的，因为他也不时地说起西诺斯谷。我想，他是刻意不提及这个话题，目的是激起一种更为原始、更为不可控制的情感。①

对提贝的描述容易让人们联想起阿道夫·希特勒（Adolf Hitler）。希特勒曾在他的自传《我的奋斗》中论述如何通过激情洋溢的演讲掌握大众心理，如何利用大众媒体（如报纸或广播等）来控制大众。著名的法国社会心理学家古斯塔夫·勒庞（Gustave Le Bon）在著作《乌合之众》，从截然相反的意图出发，

---

① 勒古恩.黑暗的左手[M].陶雪蕾，译.北京：北京联合出版公司，2017：13-14.

曾表达了类似的观点。与希特勒不同的是,勒庞在 150 年前就指出,大众容易受到语言和大宗媒体话语的控制,并警告大众不要沦为"乌合之众",而应培养批判性思维,以摆脱这种控制。

二、引入道家思想:从阴阳分离到阴阳合一

在小说《黑暗的左手》中,让利·艾在穿越不同星球、不同国家的过程中,不只看到了格森星球的消极面,也逐渐发现了其积极面。格森特有的克木(Kemmer)现象对格森的思维方式影响极大。小说第七章"性别问题"是一位名为翁·图·奥托(Ong Tot Oppong)的早期调查员留下的一份报告书。该报告是对格森人克木现象的细节描述。对格森人来说,他们的性别并不像地球人那样固定不变,而是随着生物周期而改变。在格森人的生物周期中,第 21 天或 22 天处于性不活跃的状态,被称为索梅尔(Somer)。在第 22 天或第 23 天,格森人进入克木阶段。在克木的第一阶段,格森人是雌雄同体的;进入第二阶段后,性别将被确定——一旦确定,性别在整个克木期间就不会改变。第三阶段持续 2 至 5 天,在这几天里,个体的性别特征最为明显。当克木状态结束时,格森人将回到索梅尔阶段。这是一个从索梅尔到克木,再到索梅尔的循环过程(Cycle)①。

---

① 值得一提的是,勒古恩"海恩系列"(Hainish Cycle)的英文并未使用"series"这个词,而是用"cycle",这也是为了强调作品蕴含的阴阳循环的世界观。

对格森人来说，性别并不停留在一个静态阶段，而是在一个循环过程中发生动态变化。阴阳之间的循环转变是道家思想的关键概念之一。勒古恩通过接受道家思想，解构阴阳二元对立的观念，打破了"阴阳分离的诅咒"和视"阳为善、阴为恶"的错误逻辑。①

> 光明是黑暗的左手
>
> 黑暗是光明的右手。
>
> 生死归一，
>
> 如同相拥而卧的克木恋人，
>
> 如同紧握的双手，
>
> 如同终点与旅程。②

"道"不控制它是光明还是黑暗。光明和黑暗在变化中会结合和分离，它们的变化遵循着道。在整个"海恩系列"科幻作品中，所有主人公都经过了长途旅行。在中文里，"道（Tao）"和"道（Way）"是同一个词，而且勒古恩翻译的《道德经》的副标题是：《一本关于道和道的力量的书》（*A Book About the Way and the Power of the Way*）。很明显，勒古恩要通过相对具体的"道（Way）"，谈论抽象的"道（Tao）"，因此勒古恩在翻译《道德

---

① Le Guin U K. Dancing at the Edge of the World： Thoughts on Words，Women，Places[M]. New York：Grove Press，1989：16.

② 勒古恩. 黑暗的左手[M]. 陶雪蕾，译. 北京：北京联合出版公司，2017：276.

经》的第一章时，使用的单词是比较具体的"道"（Way）："道可道也，非恒道也。名可名也，非恒名也。无名，万物之始也；有名，万物之母也。……两者同出，异名同谓。玄之又玄，众眇之门。"道家对事物的理解方式充满了不确定性，不定义事物的本质，而将事物的特性保持在神秘的状态去理解。在道教世界里，诸如光明和黑暗的分离已经不再有效。根据奥托的报告，格森星球"没有把人类分为强势和弱势的两半，保护/被保护，主宰/顺从，主人/仆人，主动/被动等。事实上，可以发现弥漫在人类思维中的整个二元论倾向被冬日的寒冷减弱，或被改变"①。通过运用道家思想，勒古恩解构了等级森严的二元对立世界，讲述不同于此的一个新世界，即格森星球。在这个新发现的世界里，没有人会因为是女性而被完全束缚住，负担和特权都是相对的。

然而，正如所有现实存在的世界一样，勒古恩刻画的这个新世界不是一个绝对理想的(我们眼中美好的乌托邦)世界，而是一个阴阳交替的世界。在《性别有必要吗?》(*Is Gender Necessary? Redux*)中，勒古恩写道：

> 通过小说的时间跨度可见，所有这些都在改变。星球上的两个大国之一——奥格瑞恩正在变成一个排他的、极端的民族主义国家，它吹捧偏执的爱国主义和官僚主义。它已经实现了国家资本主义和权力集中、威权政府和秘密

---

① Le Guin U K. The Left Hand of Darkness [M]. New York：ACE，2019：100.

警察等；这样一来，它可能即将发动一场世界战争。①

勒古恩强调的是人们应该意识到阴阳循环变化。她提出了两个问题："为什么我在展示第一张看似完美的照片之后，又切换到另一张损坏完美的照片？为什么在展示过程中要呈现这个星球的全貌？"她解释道："我想这是因为我试图展示一种平衡。在格森星球上寻找平衡的方式是：用分散对抗集中，用灵活对抗僵化，用循环对抗线性。"②勒古恩的世界是由"分散的、灵活的、循环的"和"集中的、僵化的、线性的"之间的动态变化构成的。这并不是一个静态的二元划分，而是一个不断处于变化过程中的星球。换句话说，勒古恩的世界既不是一个极端的阳性乌托邦，也不是一个阴性的反乌托邦，而是一个由变化中的阴阳平衡塑造的世界。在她的小说《总会回家》(*Always Coming Home*)中，勒古恩对"道"(Way)作了以下描述：

> 隐喻：道(路)。
>
> 它产生了什么：变化。
>
> 宇宙为道：神秘；运动中的平衡。
>
> 以社会为道路：模仿非人类；不作为。

---

① Le Guin U K. Dancing at the Edge of the World：Thoughts on Words，Women，Places[M]. New York：Grove Press，1989：11.

② Le Guin U K. Dancing at the Edge of the World：Thoughts on Words，Women，Places[M]. New York：Grove Press，1989：11.

　　作为途径的人:谨慎。

　　平衡为良药。

　　作为路人的心灵:自发的,确定性。

　　语言是不充分的。

　　人与其他生命在路上的关系:团结。

　　道路的形象:平衡、反转、旅程、回归。①

对于勒古恩,"道"是一种隐喻。它并非简单的静态和谐,而是一种在动态中寻求"平衡、反转、旅程、回归"的漫长且复杂的变化过程。在小说《黑暗的左手》的开头,艾眼里的埃斯特拉文曾是一个"女里女气,缺乏实质,华而不实,同时又太过精明",而且"善于伪装"的人。然而,经过漫长的旅途,最终艾接受了埃斯特拉文,并与其成为挚友,同时也真正接纳了格森人的不同。

　　又一次,也是最后一次,我在他身上看到了一直害怕看见,一直装作视而不见的一个现实:他既是一个男人,也是一个女人。最后,这种恐惧消失无踪,我也不想再去探究这种恐惧的由来,唯有接受他。而在此前,我一直排斥他,拒绝接受他是双性人这一现实……我一直害怕回报,一直不想将自己的信任和友情给予一个既是男人又

----

① Le Guin U K. Always Coming Home[M]. London: Orion Publishing Group, 2016: 485.

是女人的人。①

艾承认自己起初只把埃斯特拉文当作一个男人或者一个女人，如同判断他要么是阴或者阳。通过旅程，艾改变了看待埃斯特拉文的方式，把他看作一个人，一个既有阴、也有阳的人，一个变化不断的人。

简言之，勒古恩通过阴阳分离的特拉人视角，讲述了一个阴阳合体的格森人的故事，使得读者想象一种新的二元合一的概念。尽管艾通过观念的转变成功地转换了他固有的、具有偏见的视角，但作为一个叙述者，他发现自己在"所看到的"和"所讲述的"之间存在着很大的鸿沟。在奥格瑞恩的监狱里，艾发现，无论他多么努力地讲述他是如何来到格森的，监狱里的格森人都无法真正理解，因为格森星球没有会飞的动物。也就是说，因为格森没有"飞"的概念，因此，也没有词汇可以描述它。对艾来说，要向带有固定性别意识的地球人讲述格森世界的故事也是一件很困难的事情。同样，在缺乏关键概念"道"的情况下，要讲述道教世界也是不容易的。

三、一个关于新世界的叙事：小说、故事和信息叙事

苏珊·弗里德曼（Susan Friedman）在《图绘》（*Mappings*）里倡导不要囚禁在差异的恐惧中，应该超越差异：

---

① 勒古恩. 黑暗的左手[M]. 陶雪蕾，译. 北京：北京联合出版公司，2017：296.

　　我所说的超越差异,并不是要摒弃差异概念,而是去想象一种非真实的、玫瑰般的同一性。相反,它涉及将同一性的概念重新置于对差异的考量之上,认识到模仿和改变之间的联系。这意味着在差异之间的间隙空间里来回穿梭,理解这个空间是如何在磁性能量(包括正面和负面)的作用下被混合和分离的。①

对于弗里德曼而言,传统女性主义的局限性在于过分关注差异与忽视两种差异之间的边界地带。因此,她强调叙事应包含不同的声音,从而编辑成复调的、对话体的多重故事。这样故事可穿梭于差异性与同一性的间隙,从而进入一种对话的场。也就是说,消除统一的一种声音,让不同的声音建构一种对话式叙事,读者从中可以读到不同声音展现的不同视角,而不是唯一的绝对权威性视角。因此,勒古恩采取的方法是用多种碎片化叙事形式讲述,进而创造不同叙事的间隙空间。本书认为勒古恩的小说正是这种可穿梭于间隙空间,让多种叙事共同被讲述的米哈伊尔·巴赫金(Mikhail Bakhtin)所说的复调式对话叙事。

　　从结构来讲,《黑暗的左手》由多种叙事形式组成。第一,主流叙事用艾(第 1、3、5、8、10、13、15、18、19、20 章)和

---

　　① Ferguson S. Mappings:Feminism and the Cultural Geographies of Encounter[M]. Princeton:Princeton University Press,1998:76.

埃斯特拉文(第 6、11、14、16 章)的视角讲述。第二，在艾和埃斯特拉文的叙述中交织着多种零散叙事形式，如调查者的笔记(第 7 章)等新闻叙事体。第三，还有"炉边故事"的录音带集(第 2 章)，卡尔希德人故事的书面记录(第 4 章)，让利·艾记录的卡尔希德人的口头故事(第 9 章)，大祭司关于时间和黑暗的说法(第 12 章)，关于奥戈塔创造的书面神话(第 17 章)等传奇故事。也就是说，除了小说的主要形式，勒古恩还使用神话故事与新闻报告体等多种形式，来建构格森星球的世界。

首先，勒古恩以神话叙事讲述了格森的历史。根据勒古恩的说法，神话是一个社会和一种文化的基础故事。如果说殖民者的神话告诉我们，等级森严的世界是由男性英雄建立的，那么勒古恩则再用神话重构去英雄化的神话，想要从中找到真正值得记载的部分。[①] 从宏观角度来讲，与艾和埃斯特拉文的故事交织在一起，零散的神话故事(包括神话和口头及书面故事等)叙述着格森星球悠久的历史。第 17 章是一个史前神话，讲述了一个世界如何从无到有。在许多年里，太阳融化了冰，事物的演变开始了：首先是山丘和山谷，然后是海洋和河流，以及树木、植物、草药和谷物、动物和人。第一个人叫埃顿杜拉斯(Edondurath)。他醒来时发现自己有兄弟，但是出于恐惧，他杀死了他 38 个兄弟中的 37 个，只有一个逃走了，名字不详。

---

① Le Guin U K. Dancing at the Edge of the World：Thoughts on Words，Women，Places[M]. New York：Grove Press，1989：174.

埃顿杜拉斯用他兄弟们的冰冻尸体建了一座房子。当唯一幸存的兄弟来到他的房子时，埃顿杜拉斯进入了克木阶段，两人成为夫妻，发现他们的每个孩子都带着黑暗的影子。我们来粗略地对比分析一下格森神话和《圣经》中的"创世纪"。第一，在"创世纪"的故事里，上帝是创造者，上帝用自己的话(语言)创造了天、地、物。然而，在奥戈塔的创造神话中，没有创造者。事物是"从无到有"演变而来的。换句话说，"创世纪"是创造神话，而奥戈塔神话是演化故事。第二，在"创世纪"中，上帝看到"光是好的"，并将"光"与"黑暗"分开。相反，在奥戈塔神话中，光和黑暗没有分离，也没有男性亚当和女性夏娃，他们的关系既是兄弟，又是夫妻，还可能是仇人。第三，在"创世纪"中，亚当和夏娃的后代继承了原罪。在奥戈塔的神话中，埃顿杜拉斯的孩子们出生时就被黑暗追随。然而，与亚当和夏娃所犯的罪不同，埃顿杜拉斯犯的是杀害自己兄弟的罪。

　　第9章讲述了东卡尔希德(East Karhidish)神话。有一天，埃斯特尔领地继承人阿雷克(Arek)从冰面上落入险境。他被来自敌区斯多克的特雷姆(Therem)救了下来。他们没有杀死对方，反而相爱了。然而，几天后，特雷姆的同胞杀死了阿雷克。一年后，阿雷克的父亲收到一个婴儿，是阿雷克的儿子——赛姆。许多年后，这个婴儿长成了一个强壮的男人，有一天，赛姆在冰面上被来自斯多克的三个兄弟袭击了。他杀死了所有的人，但自己也受了伤。他在那里遇到了一位来自敌区斯多克的老人，他们相互允诺和平。当埃斯特尔的赛姆成为埃斯特尔的领主时，他将一半有争议的土地送给了斯多克领地。由于他杀害了自己的兄弟，又放弃了一半的土地，因此他被称为"叛徒"。像人类的祖先一样，格森人出于恐惧而杀害了他们的兄弟。然而，当敌人相互包容以及相爱时，格森人之间的战争就停止了。基于兄弟之间的爱，他们建立了卡尔希德——一个和平的世界，与旧世界不同的新世界。

其次，在这部小说的开头，勒古恩提到这是一份关于新世界的报告书。在小说的第 7 章《性问题》，勒古恩进一步写道，格森人的存在是一种实验。勒古恩在小说前言指出科幻小说具备"思想实验"（Thought-experiment）的功能。她认为思想实验并非像埃尔温·薛定谔和其他物理学家们认为的那样具备预测未来的功能，而是具有描述现实的功能。① 也就是说，格森星球文明可以给读者如下思考：

（1）人人都相当公平。

（2）在格森星球没有俄狄浦斯的传说。

（3）这里没有强迫的性，没有强奸。

（4）这里的人没有强势和弱势、保护和被保护、支配和顺从、占有者和被占有者、主动和被动之分。人类思维中普遍存在的二元论倾向已经被弱化、被转变了。②

----

① Le Guin U K. The Left Hand of Darkness [M]. New York：ACE，2019：xviii.

② Le Guin U K. The Left Hand of Darkness [M]. New York：ACE，2019：100.

而讲述这种弱化二元论倾向的实验要使用什么叙事方式呢?小说的开头,勒古恩写道:

> 我打算以讲故事的方式陈述报告,因为在我的故乡,从小就有人教我,事实其实是想象的产物。事实能否取信于人,取决于讲述的方式:这就像我们海里出产的一种奇特的有机珠宝,佩戴在这位女士身上光彩夺目,到另外一位女士身上则会变得暗淡无光,最后化为尘土。事实并不比珍珠更可靠、更连贯、更完整、更真实,两者同样脆弱易感。这个故事并不全是关于我的,讲述者也不止我一个。事实上,这到底是关于谁的故事,我自己也说不好,兴许,你的判断会更准确。不过,这是一个完整的故事,假使有些时候出现了另外一个声音,讲述了另外一种事实,你大可按照自己的喜好来选择取舍。不过,所有这些事实都同样真实,都从属于一个完整的故事。①

从整体上来看,勒古恩的叙事以故事为主,以零散的神话和报告等为辅,是一个非二元对立的,吸纳了中国道家二元和谐观念的实验报告。

---

① 勒古恩. 黑暗的左手[M]. 陶雪蕾,译. 北京:北京联合出版公司,2017:3.

第二节
一种崭新的叙事可行性：《一无所有》

一、信息叙事的局限性

在《讲故事的人》中，沃尔特·本雅明（Walter Benjamin）提出信息叙事的局限性在于信息叙事为了传达及时和清晰的意义，而构建一维的意义。① 勒古恩的另一部科幻经典之作《一无所有》（*The Dispossessed*，1974）中的主人公是一位物理学家，叫舍维克（Shevek）。他从一个无政府主义星球安纳瑞斯星（Anarres）来到了资本主义星球乌拉斯星（Urras）。作为第一个来自安纳瑞斯星的访问者，他的旅程登上了乌拉斯星的报纸头条。然而，这条新闻里的很多错误让舍维克目瞪口呆。新闻的标题是"第一个从月球来的人！"，内容是：

这是他在地球上的第一步！乌拉斯星 170 年来，迎来了第一位来自安纳瑞斯星定居点的访问。访客舍维克博士昨天在派尔（Peier）太空港的月球货船上被拍到。这位杰出

---

① Benjamin W. Illuminations[M]. Trans. Harry Z. New York：Schocken Books，2007：89.

的科学家，因为通过科学为所有国家服务而获得了西奥·奥恩奖项（Seo Oen Prize），他已经接受了伊恩大学（Ieu Eun University）的教授职位，这个荣誉以前从来没有给过一个来自其他星球的人。当被问及第一次观看乌拉斯星的感受时，这位高大、杰出的物理学家回答道：“能被邀请来到你们美丽的星球上是一种莫大的荣誉。塞特人友谊的新时代现在开始了，双子星将在兄弟般的关系中一起前进。①

当舍维克读到这条新闻时，他向物理学家裴（Pae）抱怨说，当时他从来没有被提问或回答过什么，怎么可以这样胡乱编造。其他报纸的报道使他更加无法接受，因为他发现竟然连他的年龄都不正确，报道写他 37 岁，43 岁，甚至说是 56 岁。关于他的著作，连起码的拼写也不准确。裴（Pae）调侃道：“他们才不管你说了什么，他们只会报道他们想让你说的话而已。”②正如让·鲍德里亚（Jean Baudrillard）所说，在信息时代，大众追求的是不寻常的事情（spectacle），而不是事件真实的意义。③ 而后，舍维克作为外星人发表了一篇公共演讲。他的演讲是关于新世界和旧世界之间的相互承认与沟通。然而，他失望地发现，

---

① Le Guin U K. The Dispossessed: An Ambiguous Utopia [M]. New York: Harper Voyager, 2011: 78.

② Le Guin U K. The Dispossessed: An Ambiguous Utopia [M]. New York: Harper Voyager, 2011: 79.

③ Baudrillard J. Simulacra and Simulation [M]. Trans. Foss G S. Ann Arbor: The University of Michigan Press, 1994: 70.

没有人真正在听他讲话。对于大众来说，他说的东西根本不重要。在《关于他人的痛苦》(*Regarding the Pain of Others*)中，苏珊·桑塔格(Susan Sontag)通过研究大众传媒中他人痛苦的景象对大众的影响，指出在大众传媒的影响下，大众将现实转化为信息的碎片。这个过程使得可怕的现实也变成一种娱乐。换句话说，在以信息叙事为主的媒体影响下，大众习惯于消费远方的痛苦。而这种信息叙事使得信息变成一种商品或者一种消遣，无法真正起到交流功能。对于勒古恩，如何打破信息的这种局限性是她面临的首要问题。

二、看似矛盾的两种叙事整合的可能性

勒古恩通过将传统故事与信息叙事联系起来，目的是突破信息叙事的局限。传统的故事会传递多重含义，但信息只传递清晰而单一的意义。在《一无所有》中，勒古恩尝试将看似矛盾的不同叙事方式交织在一起，以弥补信息的局限性。在安纳瑞斯星的时候，舍维克(Shevek)曾遇到过一个叫舍韦特(Shevet)的人，他的名字听起来很像"舍维克"。当他们俩在一起时，总是一个人被叫到，另一个人也会作出反应。一天舍韦特来到了舍维克面前，威胁他改名字。从那以后，他们再也没有说过话。舍维克和舍韦特最大的不同在于他们对待相似性的态度。当舍维克从这种随机的相似中感受到一种兄弟情谊时，舍韦特反而希望舍维克从他的生活中消失。安纳瑞斯星和乌拉斯星的关系类似于舍维克和舍韦特的关系。安纳瑞斯星是一个由来自乌拉斯星的人建立的星球。基于对奥多主义的信仰，他们建立了一

个无政府主义社会。然而,就像舍韦特一样,他们仍视彼此为对手,甚至敌人。与舍韦特相比,舍维克期待的是与舍韦特建立一种兄弟情谊。从某种意义上来讲,对这种兄弟情谊的期待体现在勒古恩的叙事关系上。尽管信息叙事有局限,但勒古恩并没有摒弃它。相反,对她而言,信息叙事本身具有独特的优势,如科学性、抽象性等。

小说中,儿时的舍维克曾在听说研讨课上提出过一个被大家视为荒唐的观点:如果有人朝一棵树扔石头,石头就会穿过空气撞到树上,但在他看来,现实中石头却无法真正砸到树上。正如牛顿被苹果砸到后思考重力的原理一样,他并没有将石头和树的碰撞过程简单化,而是将这一过程拆解为多个中间点来理解。他认为,石头和树之间是有无限的中间点存在的,而在这个过程中,石头实际上是处于不断无限接近树的状态中。当他提出这个观点时,他得到的回应令他相当失望,遭到了其他学生的嘲笑和导师的批评。他觉得很委屈,因为大家认为他在胡言乱语,只是想要引起注意。课后,他孤独地走在广场,在喧闹中,心中涌现出一种想法:

> 这种想法是由数字组成的,数字总是冷静而坚实的;当他犯错的时候,他可以求助于数字,因为它们不会错。不久前,他在脑海中看到了正方形,一种空间图形,或者像音乐形式:9个整数构成的正方形,其中间数是5。如果你把它们加起来,它们的和都是一样的,所有的不等式都

是平衡的，看起来很不错。①

他惊喜地发现了一种可以整合成平衡形式的方式。也就是说，他在数字模式中，看到了一种平衡的可能性。而这种对抽象概念的表达方式，可以解释文字无法解释的东西。舍维克发现数字语言能告诉我们一些文字无法阐释的东西，正如它们告诉我们世界的模式一样。换句话说，作为一种信息叙事的类别，科学叙事可以揭示出描述性文字叙事无法呈现的一个相当客观的现实。

然而，这种科学叙事在传达给大众或者其他不太了解理论的科学家时，也面临无法逾越的信息叙事带有的局限性。不少科学家意识到了这种无奈。在《物理学与哲学》(*Physics and Philosophy*)一书中，维尔纳·海森堡(Werner Heisenberg)讨论了语言的问题，人们还没有找到合适的语言来谈论新的现象(新的理论)，不正确的语言表达方式随处可见，然而这些充满热情的描述对新的现象反而造成了不少误解。他指出量子理论总是被误解，在某种意义上是语言问题。他认为，不同于经典物理学，量子理论需要一种合适的语言来阐述。②《一无所有》中的舍维克在描述他的理论时遇到了类似的语言问题。他的理

---

① Le Guin U K. The Dispossessed: An Ambiguous Utopia[M]. New York: Harper Voyager, 2011: 30.

② Heisenberg W. Physics and Philosophy[M]. London: Ruskin House, 1971: 145.

论是一种统一的理论,统一了两种相互矛盾的方式,即序列原则和同时性原则。在一次聚会上,一个名叫迪尔里(Dearri)的人反驳了舍维克理论的可实现性:"你不能把两个相互矛盾的方式放在一起……换句话说,如果其中一个'方面'是真实的,另一个只能是一个幻觉而已。"舍维克回答说,"许多物理学家说过,如果心灵能够以这两种方式感知时间,那么一个真正的时间哲学应该提供一个领域,在这个领域中,看似矛盾的两个方面是可以放在一起理解的"①。勒古恩用主人公舍维克的理论传了一种观点,即将两个相互矛盾的事物联系起来是可能的。

三、控制或无为

当舍维克来到乌拉斯星时,他发现与他的预期相反,乌拉斯星并不是一个理想的世界。乌拉斯星最大的问题在于资本控制着一切。在舍维克看来,乌拉斯星是一个由占有欲驱动的大监狱。小时候,舍维克读过一本关于奥多的书,书名叫作《奥多的生活》,书中有一节谈到了"监狱"的概念。安纳瑞斯星上没有监狱,所以舍维克和他的朋友们并不能理解监狱指的是什么。为了理解监狱的概念,舍维克和他的朋友们做了一个实验。他们选择了一个地方作为监狱,一个人假装成囚犯,然后他们一起制定监狱规则。当他们扮演囚犯和警察的角色时,他们发现事情失去了控制。唯一能控制他们的就是监狱的概念。

---

① Le Guin U K. The Dispossessed:An Ambiguous Utopia[M]. New York:Harper Voyager, 2011:224.

尽管安纳瑞斯星与乌拉斯星不同，但安纳瑞斯星并不是一个理想的乌托邦星球。舍维克也有被囚禁在安纳瑞斯星的感觉。这种疏远感驱使舍维克从安纳瑞斯星开始了太空旅行，来到乌拉斯星。安纳瑞斯星看起来像是一个乌托邦式的星球。在舍维克的眼中，他们自己生活在奥多编织的言论监狱里。他们没有理解奥多言语的真正含义，而是逐字逐句地接受这些单词的字面意义。人们被训练得像鹦鹉一样遵循奥多的话。他们也生活在一个监狱里，一个奥多语言的监狱。舍维克感到与安纳瑞斯星格格不入，因为安纳瑞斯星上的人们已经用奥多的话把自己囚禁起来了。因此，他们无法接受其他的解释。安纳瑞斯星上的人们已经将奥多的概念改编为教条。他们无法从不同的角度理解奥多的意思，而文字中的很多意思还被曲解了。

与安娜瑞斯相比，乌拉斯是一个资本主义社会。在安娜瑞斯人眼里，占有欲是构建乌拉斯社会的主要力量，乌拉斯所有的东西都变成了可以被占有的商品。男人拥有"他们的"女人，父母拥有"他们的"孩子。在安纳瑞斯星，没有所有格代词，比如"我的，你的，他的，她的，他们的，它们的"等；没有人可以占有他人。他们生活在社区里，为社区服务，并且来自社区。没有占有——但同时，否定个性，没有隐私。安纳瑞斯星上的人被训练得连拥有自己想法的能力也失去了。这也是一个有缺陷的"乌托邦"。舍维克离开安纳瑞斯星是因为他无法发展他的理论。为了逃离奥多言论的牢笼，舍维克开始了他的乌拉斯星之旅。

　　勒古恩通过《一无所有》探索弥补不同缺陷的可能性。如同道教中的阴阳平衡,安纳瑞斯星和乌拉斯星没有好坏之分。舍维克可以完成他的理论,因为他开始了他的乌拉斯星之旅。在旅途中,舍维克意识到安纳瑞斯星和乌拉斯星都被他们自己的想法控制:安纳瑞斯星被奥多的话语控制,而乌拉斯星则沉迷于占有感。因此,两个星球上的人们都被他们的缺陷束缚了。

　　勒古恩利用道家思想,探究从这种束缚里解脱的方法。她认为道家思想中的力量,不同于可"控制"他人的力量。这种力量常常被翻译为"毫不费力的行动",或"不行动",或"无为"。夏洛特·斯皮瓦克(Charlotte Spivak)提到勒古恩的许多人物"体现了无为的美德"①。在《黑暗的左手》中,艾是一位普通的调查员,而不是一个英雄人物。除了提出加入海恩之外,艾没有给格森带来任何东西。同样,在《一无所有》的结尾,舍维克也空手回到了他的母星安纳瑞斯星,"他什么也没带来。他的双手一如既往地空空如也"②。老子对无为的力量在《道德经》第38章有解释:"上德不德,是以有德;下德不失德,是以无德。上德无为而无以为;下德无为而有以为。"换言之,道教中的力量"不依附于强权"。具体来说,无为的力量就是通过失去控制力来拥抱世界。进而,老子在第57章也写道,

①　Spivak C. Ursula K. Le Guin[M]. Woodbridge:Twayne Publishers, 1984:7.

②　Le Guin U K. The Dispossessed:An Ambiguous Utopia[M]. New York:Harper Voyager, 2011:387.

以正治国，以奇用兵，以无事取天下。

吾何以知其然哉？以此：

天下多忌讳，而民弥贫；

人多利器，国家滋昏；

人多伎巧，奇物滋起；

法令滋彰，盗贼多有。

故圣人云：

我无为，而民自化；我好静，而民自正；

我无事，而民自富；我无欲，而民自朴。

也就是说，老子的治国之道与无为息息相关。虽然国内外对无为精神褒贬不一，甚至有人认为这种精神透着浓重的颓废主义，不符合当下，但是，也有不少学者从无为精神里领悟到活在当代社会的重要启示。爱德华·斯林格兰德(Edward Slingerland)说无为与"行为者的精神状态"有关：

> 重要的是要认识到，"无为"指的不是在可观察的行为领域中实际发生 (或没有发生)的事情，而是一种行为的心理状态。也就是说，它指的不是正在做或者没有做的事情，而是行为者的现象学状态。①

---

① Slingerland E. Effortless Action: The Chinese Spiritual Idea of Wu-wei[J]. Journal of the American Academy of Religion, 2000, 68(2): 299.

勒古恩从老子的无为中学到的是摆脱控制的方法。道教世界的道路遵循无为的力量，老子把这种力量比作水的流动。就像溪流入谷，河流入海，无为会打破牢固的控制，因为世界上最柔软的东西会冲破世界上最坚硬的东西。许多人将"无为"的字面意思理解为被动的，或消极的行为。然而，勒古恩将"无为"理解为可对抗控制权的反作用力，而这种"最柔软"的力量如流水一般，可冲破世界上最坚硬的力量。

就像一条流经变革之路的小溪或河流，无为的力量能够承载不同的东西。老子认为，阴阳合为一体的方式是道的一部分，并把道比作"庇护所"：

> 道者，万物之奥，善人之宝，不善人之所保。
> 美言可以市尊，美行可以加人，人之不善，何弃之有？
> 故立天子，置三公，虽有拱璧以先驷马，不如坐进此道。
> 古之贵此道者何？
> 不曰：求此得，有罪以免邪？
> 故为天下贵。（62章）

接下来，将继续分析另一部小说《流亡星球》，探讨勒古恩描绘的这种阴阳合为一体的叙事空间为何能够容纳不同。

第三节
充满矛盾与融合的叙事空间：《流亡星球》

一、充满矛盾的他们：罗莱里（Rolery）和阿加特（Agat）

1966 年出版的《流亡星球》（*Planet of Exile*）属于勒古恩早期科幻小说三部曲之一，该小说讲述了来自两个截然不同的部落的罗莱里（Rolery）和阿加特（Agat）的爱情故事。故事发生在一个名为威尔（Werel）的星球上，这个星球正面临着严酷的气候变化和外部威胁，这是小说的主要背景。威尔星球的居民正经历着漫长而恐怖的持续 16 年的冬季。不仅如此，他们还面临着北方加尔族（the Gaal）入侵的威胁。故事的两个主角——来自泰瓦（Tevarian）部落的罗莱里和来自法尔本（Farborn）部落的阿加特之间的爱情故事，正是在这种危机四伏的环境中展开的。

罗莱里是泰瓦部落领主的女儿，但她的母亲是法尔本人，这使得她在自己的部落中处于一种矛盾的身份。泰瓦人对法尔本人充满偏见，认为他们是半野蛮的种族，称之为"希尔夫"（the Hilfs）。而法尔本人则认为泰瓦人是伪人（false-men），认为他们没有基本的社会礼仪可言。在双方眼中，彼此的文化和社会结构都是不可理喻的。阿加特是法尔本部落的年轻首领，他身体强壮,几乎不受疾病困扰,但他的种族正面临急剧的人口减少。法尔本女性稀少,这使得阿加特的部落在即将到来的加尔族的入侵面前显得更加脆弱。年轻的阿加特为了应对加尔族的入侵,冒着生命危险来到了泰瓦人的领地,希望达成合作。然而罗莱里年迈的父亲和他的族人们并未表现出合作意向,他们不希望与那些"低级的"法尔本人成立同盟。这种种族上的偏见使得他们无法合作,在漫长的冬季以及加尔族的入侵前,阿加特感受到了无比的绝望。

小说中,泰瓦人与法尔本人之间的文化冲突是推动情节发展的重要因素。泰瓦人认为法尔本人的一夫一妻制是愚蠢的,因为在威尔星球上,生育受到季节的影响,漫长的冬季导致他们新生儿出生率低。他们认为法尔本人的婚姻观不合逻辑,无法在严酷的环境中生存。相较之下,法尔本人则认为泰瓦人的婚姻观过于保守,无法适应不断发展的社会需求。双方都对对方的文化抱有偏见,导致了合作的困难。然而,随着加尔族的逼近,罗莱里和阿加特的爱情面临着更加严峻的考验。两人不仅要克服来自外部的威胁,还要面对内部的偏见和误解。在生存的压力下,双方都必须重新审视自己的信念和价值观,找到一种新的合作方式,以便共同抵御即将到来的危险。

二、离家:打破偏见

在勒古恩的小说中,有一条线索贯穿始终,那就是"家"。家不仅是人类社会的一个缩影,更是一面反映人类本性的镜子。张祥龙曾说,"家是人类的原社团、元结构,或者说是人类的

'元位置'或'容身之地'，因而家是人性栖居和被生成的地方，是它让人有了自己的容身之地"①。同样，加斯顿·巴什拉（Gaston Bachelard）也指出："家是我们在世界上的位置……这是我们的第一个实际生活的宇宙……"②对于西方文明基础的古希腊文明和基督教文明来说，一个人必须超越或突破家庭这个空间，才能达到更高的境界。③ 这意味着，尽管家是一个容身之处，但它同时也是一个需要被超越和突破的存在。

在《流亡星球》中，主人公们也是通过离开自己的家，才打破了自身的偏见。故事的开端，罗莱里独自离开家，踏入陌生的阿加特领地。她初次欣赏法尔本地区的美丽风景时，意外遭遇涨潮，陷入危险。在那一刻，她第一次见到了阿加特，并接触到了法尔本人使用的心灵语言（mindspeech）。阿加特从远处看到她被涨潮威胁，意识到危险的来临。在情急之下，他运用心灵语言呼唤罗莱里，试图指引她逃离险境。阿加特为了与罗莱里所代表的种族结成联盟，毅然跨越族群之间的边界，勇敢地进入了泰瓦人的领地。他的举动意在打破彼此之间的壁垒，但却遭遇了挫折——谈判并没有预想中的友好接待，最终以失败告终。谈判结束后，一些看不惯法尔本人的泰瓦人袭击了阿

①　Le Guin U K. Worlds of Exile and Illusion：Rocannon's World，Planet of Exile，City of Illusions［M］. New York：Tom Doherty Associates Book，1995：49.

②　Bachelard G. The Poetics of Space［M］. Trans. Maria J. Boston Beacon Press，1994：4.

③　Bachelard G. The Poetics of Space［M］. Trans. Maria J. Boston Beacon Press，1994：19.

加特，导致他重伤倒地。在雪花纷飞的寒冷日子里，奄奄一息的阿加特只能依靠心灵语言向外界求救。在这时，罗莱里听见了阿加特的呼声，她勇敢地走出家族的庇护，将受伤的阿加特送回领地。在彼此的救助中，不论是罗莱里还是阿加特，虽出于不同的原因离开了各自的家，却都在危机中相遇、相助，从而打破了各自的偏见。这种对家的突破不仅为角色们创造了相遇的契机，更为两者的情感发展提供了可能。家在这里被塑造成了一个既温暖又狭隘的空间。在罗莱里和阿加特离开各自的家园后、置身于充满未知与危险的世界中时，他们才真正看到了彼此的存在和他们共同的人性。两种文化的交汇从最初的恐惧与误解，逐渐转变为理解与信任，反映出人性在面对生存困境时所展现的坚韧与温情。勒古恩在文本中深刻描绘了家作为一种社会结构的复杂性。虽然家是一个人赖以生存的支柱，但在面对更大的挑战时，它的局限性也得以显现。家虽然能保护个体，但也可能扼杀个体的发展与探索。人们只有勇于走出家门，才能真正发现更广阔的世界，并与他人建立真正的联系。由此看来，《流亡星球》中罗莱里和阿加特的故事正是对"家"的深刻反思与重新定义。两位主人公通过离开熟悉的家园，在陌生的环境中克服了先入为主的偏见，并在彼此的帮助下不断拓宽对自我的认知。他们的经历也让读者领悟到，家不仅是身体的住所，更是精神的栖息地。

三、建构融合之"家"：学会接受不同

罗莱里为了拯救受伤的阿加特，深夜冒着暴风雪，拖着他

踏入了一片不属于她的领土。这个决定不仅意味着她离开了自己的家，更是将自己置于一个陌生而充满敌意的环境中。作为一个泰瓦女人，她已经无法回到曾经的安全之地。抵达阿加特的家后，罗莱里并未受到热情款待，反而遭遇了法尔本人的敌视与鄙夷。尽管如此，爱情的力量促使罗莱里和阿加特超越了固有的偏见与傲慢，开始接纳彼此的不同。

值得注意的是，这种结合并非如同西方传统小说中常见的和解方式。正如张法所言，如果说西方传统的和解方法是通过二元冲突实现和解，那么相比之下，道家的和解方法并不涉及对立双方的相互争斗。这是关于"切换"的思维方式。在循环的时间结构中，两个相互矛盾的要素并不直接对立，而是通过调节或反馈来实现整体的平衡。这种方法类似于线条的协调，强调动态的平衡而非静态的对抗。为了实现宇宙的整体调和，我们必须包容一切，结合一切不同的事物。① 阿加特和罗莱里的爱情故事并不像莎士比亚的《罗密欧与朱丽叶》那样通过抗争走向悲剧式和解，而是通过不断调节，走向了包容与融合。

道家思想的和解与西方二元对立的和解在本质上存在着巨大的区别，这尤其体现在"我—非我"之间的关系上。冯友兰认为，在西方现代哲学史上，"我"的发现是一件非常重要的事件。② 然而，在《道德经》成书的时代，"我"作为个人的概念尚未形成，因此并未生成"我"与"非我"之间的区分。换言之，道

---

① 张法. 中西美学与文化精神 [M]. 北京：中国人民大学出版社，2010：55-60.

② 冯友兰. 中国哲学史(I) [M]. 北京：商务印书馆，2011：9.

家思想所提倡的融合,强调的是"我中有他,他中有我"。而西方现代哲学中,已经形成了"我"与"非我"的界限,因此这种融合模式必然与道家思想中的融合有所不同。如果说西方的和解方式是通过力量的冲突来实现的,那么道家的和解方式则是通过放弃力量的方式,即无为的方式来取得融合。无为不仅可以帮助人们倾听那些微小的声音,还能使人们在追随无为的力量时,处于较低的地位和较小的权力。通过这种低位,曾被忽略或被忽视的声音得以被看到、被听到。道教的方式允许不同的声音共存,而这种共存并没有好坏之分,融为一种"万物负阴而抱阳,冲气以为和"(《道德经》第42章)。

在《流亡星球》中,罗莱里不断放下自我,倾听他人的声音,学习他们的文化,甚至逐渐习得心灵语言的能力。对于法尔本人来说,阿加特使用的心灵语言是一种应当被废除的巫术。第一次听到这种声音时,罗莱里感到全身不适,但正是这个声音使她能够逃离危险,并驱使她去拯救濒临死亡的阿加特。这一过程与特德·姜(Ted Chiang)的小说《你一生的故事》(*Story of Your Life*)中的主人公路易丝·班克斯(Louise Banks)相似:路易丝通过学习外星人的语言,领悟了外星人的思维方式,从而真正理解了与他们不同的世界。上一章节分析过的《罗卡农的世界》里,罗卡农使用这种语言击败了敌人,成为该星球的英雄。然而罗卡农和他的人民也意识到了这种语言的危险性。在《你一生的故事》中,语言学家路易丝最初将外星人的意图理解为"武器",但后来她意识到,外星人实际上想表达的是"礼物"。同样,无论是法尔本人使用的心灵语言,还是我们当今所使用的叙事，既可以是控制他人的武器，也可以是一种促进交流的礼物，关键在于使用者如何运用它们。

勒古恩曾说道："科幻小说给予文学的最伟大的礼物就是拥抱开放宇宙的能力。因为科幻是开放的，没关着门。从物理学和天文学到历史学和心理学，科学为我们提供了一个开放的宇宙。"①她强调，开放的宇宙并不是简单的固定等级结构，而是一个在很长时间内发生事件的过程。每一扇门都是敞开的，每一种联系都是可能的，每一种选择都是可能的。这种开放性不仅意味着探索未知的勇气，也意味着对不同文化和思想的包容。勒古恩在《脱口秀》(*Talk Show*)这篇诗中写道：

> 在匆忙和滔滔不绝的丰富的文字中，
> 我们无休止地交谈，
> 我对你们说，他对他们说，
> 你们是人类生命中的汁液。
>
> 听着，听着，小声点，
> 听那风在石头上的低语，
> 沿着干涸的河床，
> 不言而喻的阴影。②

---

① Le Guin U K. Dancing at the Edge of the World: Thoughts on Words, Women, Places[M]. New York: Grove Press, 1989: 89.

② Le Guin U K. Finding My Elegy: New and Selected Poems [M]. Boston: Houghtoon Muffin Harcourt Publishing Company, 2012: 80.

通过这些文字，勒古恩引导人们沿着干涸的白色河床，聆听"风在石头上的低语"，那些未被倾听的微小声音。在这个理想的"家"中，不同的声音都可以被表达并被听到。罗莱里的成长之路正是对这种开放和包容的体现。在面对陌生的文化和语言时，她选择了倾听与学习，而不是排斥与抵抗。她的经历不仅是个人的成长，更是对人类共通性的探索。通过与阿加特的互动，罗莱里逐渐意识到，真正的理解需要超越表面的差异，去感受彼此内心深处的情感与思想。这种对不同文化的接纳与融合在小说中得到了体现，反映了勒古恩对人类关系的深刻思考。在她的作品中，语言不是控制他人的武器，而是理解和连接的桥梁。通过对语言的学习与使用，罗莱里和阿加特能够跨越文化的鸿沟，建立起深厚的情感联系，重建一个属于他们自己的"家"。

本章主要分析了勒古恩的三部经典小说《黑暗的左手》《一无所有》和《流亡星球》与道教世界的特征。在《黑暗的左手》中，勒古恩向我们讲述了一个奇特的格森星球——一个居住着双性人的星球——的故事。与地球人不同，格森人的性别是随着生物周期而变化的，这个周期即道教中的阴阳变化。格森人并不只是分离成男性和女性，而是从一种状态进化到另一种状态，然后再返回。在小说的开头，地球人让利·艾无法像格森人那样感知格森星球。但在与格森上的这些双性人一起生活的过程中，艾逐渐学会了如何像格森人那样感知世界。在小说的结尾，艾将埃斯特拉文视为他的兄弟或他所爱的人，而不是一个外星人或敌人。通过解构二元论，应用道家思想，勒古恩讲述了她发现的一个不同的世界。她所应用的叙事方法是将艾和埃斯特拉文的故事与神话故事交织在一起。这是一份通过格森的故事来讲述的对于一个新的世界的报告书。以信息的形式讲述一个新的世界，其局限性在于其传递的是单维的意义。科学叙事是信息叙事之一，它的优势在于可以传递客观真理。为了形成更好的叙事形式，勒古恩寻求一种将故事的形式与信息联系起来的方式，通过讲故事来传递客观信息的多重意义。这种连接将以非行动的方式成为可能。

　　勒古恩用《一无所有》这个故事来进行她的叙事实验。通过从安纳瑞斯星到乌拉斯星的旅程，舍维克观察到，乌拉斯星被占有欲控制，而安纳瑞斯星则被奥多的话语控制。如果不摆脱这两种控制，两个星球上的人都将沦为囚犯。在乌拉斯，人们被金钱欲驱使，沦为资本主义社会的囚犯。同样地，尽管安纳瑞斯的人民摆脱了对财产的渴望，但他们却变成了奥多话语的囚徒。由于不拥有自己的个性，人们成为奥多话语的囚徒，失去了理解同一话语不同含义的能力，因此他们也无法理解文字之外的深层意义。勒古恩通过将安纳雷斯的缺陷与乌拉斯的困境联系起来，寻求连接两个星球的可能性。舍维克通过提出他的理论，表达了打破监狱围墙的可能性。他的理论是对连接两个矛盾世界可能性的一种隐喻。勒古恩通过借用道家思想中"无为"的力量，来寻找连接相互矛盾的理论或者力量的可能性。

　　《流亡星球》通过罗莱里和阿加特的爱情故事，展现了多样性共存的"家"。这个家并非只是一个身体的居所，更是灵魂可以栖息的空间。正如勒古恩所倡导的，只有在不断地学习与交流中，我们才能真正理解彼此，构建一个充满爱的生态叙事的"家"。

第四章

科幻小说：作为交流工具的叙事形式

这只是一个故事的一部分，实际上有很多的故事，这部分是讲述当第三个儿子和养女被派去执行一项不可能完成的任务时发生的。

他们穿过神秘的森林时遇到了一只狐狸，它的爪子被陷阱夹住了，

一只小麻雀从窝中掉了下来，

一群蚂蚁在水坑中遇到了麻烦。

他解救了狐狸，而她将雏鸟放回到巢中，他们让蚂蚁安全地回到他们的蚁丘。

那只小狐狸以后会回来，然后带他到囚禁公主的城堡；而那只小麻雀也会出现在她面前，带她飞到藏着金蛋的地方；那群蚂蚁会在那个紧要的早晨到来之前，从沙堆中为他们挑选出每一颗罂粟种子。

我并不认为我能够为这个故事添加太多的内容。

我的一生都在告诉我自己，我只是在倾听谁才是真正的英雄，或者如何从此过上幸福的生活而已。

——《为时已晚》(*Late in the Day*)，厄休拉·K. 勒古恩

当我带你到山谷时，你会看到左边和右边的蓝山，雨后的彩虹和彩虹下的葡萄园，也许你会说："就是那里，就是那里!"但我会说："再多走一点。"我希望我们会继续前进，你会看到小城镇的屋顶和被野燕麦染黄的山坡，也许你会说："我们在这里停下吧，就是这里了!"但我会说："再走远一点。"我们继续前进，你会听到河边山上的鹌鹑

95

> 在叫，回头看，你会看到河水向下流过后面的荒山，在下面，你会说："这不就是山谷吗？"而我只能说："喝下这泉水，在这里休息一会儿，我们还有很长的路要走，没有你我将无法前行。"
>
> ——《总会回家》(*Always Coming Home*)，厄休拉·K. 勒古恩

> 我会告诉你我对你的看法。我认为你来自一个迷失的世界；我认为你不是出生在地球上的。我认为你来到这里，是一千多年来第一个回来的外星人，给我们带来了一个信息或一个征兆……一定有一个希望，一个征兆。
>
> ——《流亡和幻想世界》(*Worlds of Exile and Illusion*)，
>
> 厄休拉·K. 勒古恩

勒古恩的"海恩系列"科幻小说由一系列故事组成，大部分主人公的旋程都遵循着从 A 地点到 B 地点的模式。他们的旅行类似于西格蒙德·弗洛伊德(Sigmund Freud)所描述的"Fort/Da 游戏"过程。这是弗洛伊德的孙子玩的一个著名游戏：当男孩把玩具往前扔时，他会说"Fort"(消失)；当他收回玩具时，他会说"Da"(返回)。在《超越快乐原则》(*Beyond the Pleasure Principle*)中，弗洛伊德将这个游戏解释为一种控制母亲不在时的焦虑的方式。勒古恩在"海恩系列"中通过主人公的漫长旅程玩了一个类似的游戏。对勒古恩而言，这并不是一种逃避现实的方式，而是一种获得理解现实的方式。在《女主人的家乡：

重温厄休拉·克洛贝尔·勒古恩的世界》一文中，伊丽莎白·卡明斯（Elizabeth Cummins）说道，在勒古恩的小说中，"旅行是对生活的一种类比；去与回、分裂与统一的过程，意味着再生与永无止境"①。勒古恩和她的主人公通过一次又一次的"Fort/Da 游戏"，获得了对现实的不同理解，也学会了继续走下去的方式。

　　勒古恩在文章《公主》（*The Princess*）开篇以讲述童话故事的方式分享她真实的人生经历。故事以"很久以前，在黑暗时期，有一位公主……"②开始。她说，公主在上大学的时候遇到了一位王子。就像所有的童话故事一样，他们相爱了。然而，勒古恩的故事结局并不像传统的童话故事那样美丽。这里的公主怀孕了，并告诉了王子，说他们应该结婚了。听到这个消息，王子回了家，从此再也没有回来找她。在绝望中，公主别无选择，只能把一切告诉她的父母。在那个时候，堕胎是犯罪，但她的父母为了女儿的未来决定冒这个险。之后，她又回到了大学，完成了她的学业。这个故事是她本人的人生经历。回想起自己的过往，她感谢父母的决定。同时，她质疑法律禁止堕胎的合理性："保护生命似乎只是一个口号，而不是反堕胎的真正目标。他们想要的是加以控制：对行为的控制，或对妇女的

---

① Cadden E. The Land-Lady's Homebirth：Revisiting Ursula K. Le Guin's Worlds[J]. Science Fiction Studies, 1990, 7(2)：154.

② Le Guin U K. Dancing at the Edge of the World：Thoughts on Words, Women, Places[M]. New York：Grove Press, 1989：75.

权利的控制。"①对此，她想强调的是，当一些想法变成教条时，比如"堕胎是错误的"，它们就变得很危险。万物处于变化中，没有什么是确定的。老子曾说："祸兮，福之所倚；福兮，祸之所伏。孰知其极：其无正也。正复为奇，善复为妖。人之迷，其日固久。是以圣人方而不割，廉而不刿，直而不肆，光而不耀。"(第58章)如果阳是红色，阴是蓝色，那么红色和蓝色之间就有很多不同的可能性，比如深红色、深蓝色、紫色，等等。然而，当思想成为人们头脑中的教条时，多样性就会被凝固。而这种变化与不确定性，如不被允许与发生，就会导致很多不可挽回的后果。而在等级世界里，这种变化与不确定性就是不被允许的。因此，勒古恩通过在等级世界和道家世界的旅程，发现了等级世界里存在的问题，论述了道家世界的潜在力量。

更为重要的是，虽然勒古恩科幻世界由两个或者两个以上的星球构成，但是并没有将它们按等级顺序排列。换句话说，没有一个世界绝对优于另一个世界，它们只是在变化中体现自己的不同问题和可能性。勒古恩讨论了道教世界，因为她在从中寻找解决等级世界问题的方法，进而探讨交流的可能性。如果没有交流，两个世界的联系就毫无意义。出版于2000年的"海恩系列"最后一部长篇小说《倾诉》(*The Telling*)，包含了她在叙事实验中探索的精髓。第四章围绕《倾诉》以及其他短篇小说，通过深入了解勒古恩建构的可连接的、可交流的海恩宇宙的内部，探讨叙事和交流之间的关系。

---

① Le Guin U K. Dancing at the Edge of the World: Thoughts on Words, Women, Places[M]. New York: Grove Press, 1989: 77-78.

第一节
叙事的交流模式与勒古恩的科幻小说

在文章《讲述就是聆听》(*Telling is Listening*)中，勒古恩探讨了交流模式理论。勒古恩认为，在信息电子时代，交流常被简化为一种"从 A 到 B"的机械性传播过程。她用一种形象的比喻来描述这种模式："盒子 A 和盒子 B 由一根管子连接。盒子 A 包含了一个信息单位，它是传输器，是发送者。管道则是信息传递的方式，也就是媒介。而盒子 B 仅仅是接收者。"①但她认为这并不是真正的人类交流方式，因为人类的交流不能被简化为信息的传递。她用"阿米巴变形虫交流"来比喻人类交流的过程。

小小的基因互换可能会改善群体。当两个(阿米巴虫)变得亲密起来时，它们会伸出伪足，融合成一个小小的管道或通道，将彼此连接在一起。然后阿米巴 A 和阿米巴 B 交换基因"信息"。也就是说，它们通过由它们身体外部构成的通道或桥梁，彼此交换身体内部的一些部分。它们会

①　Le Guin U K. The Wave in the Mind [M]. Boston：Shambhala，2012：156.

在一起待很长一段时间，发送自己的信息，来回传送，相互回应对方。①

随着科技与互联网的发展，人类之间的交流变得如此迅速与频繁。但是这种交流并非双向的传播形式，而是单向的：信息从 A 传播到 B。这种从 A 到 B 的传输过程与等级世界中故事的过渡过程是相同的。勒古恩认为，人类交流不应局限于这种单向传播，而应是相互回应模式。这种模式并非 A→B（A 把信息讲述给 B，B 通过倾听接收信息），而是 A↔B：表面上，A 是讲述者，B 只是倾听者，但 B 的角色在这种互应模式中起到至关重要的作用，因为 A 的讲述只有在 B 的倾听下才有效；不仅如此，B 是一个潜在的讲述者，是可将这种交流延续的重要一环。因此，勒古恩交流模式的关键在于重新建立讲述和倾听之间的联系。在单向传播中，讲述是重要的，而倾听只是接收的方式。勒古恩将倾听定义为一种连接，而不仅是一种反应。为了理解勒古恩的交流模式，本章将通过阐述勒古恩的连接策略，探讨勒古恩如何打破单向传播，勾勒出一种相互交流模式。

本雅明认为讲故事的衰落与现代初期小说的兴起有关。不同于过去交流经验的说书人，现代小说家们往往把自己孤立起来。个体小说家的出现虽然使得小说的崛起成为可能，但是小说过于注重讲述个人的故事。正如本雅明所指出的，如果一部小说中只有一位作者（author）的权威声音（authorial voice），那

---

① Le Guin U K. The Wave in the Mind [M]. Boston: Shambhala, 2012: 158-159.

么这种单一性就会成为一个问题。意识到这一点后，勒古恩试图通过创造不同的叙述时间和空间，将作者的声音与被忽视的声音连接起来，使小说的叙事不仅只有一种权威的声音，而是可以容纳多重声音。正如理查德·瓦格纳（Richard Wagner）的音乐一样，勒古恩的科幻小说在极力生成一种能容纳看似不和谐的叙事的时空。

一、连接异质时间

在文章《关于叙事的一些思考》（*Some Thoughts on Narrative*）中，勒古恩讨论了多重叙事时间①的应用。勒古恩的小说并没有放弃线性原则，反而强调了顺序的重要性。类似于人从出生到死亡的生命旅程，故事是按预定的顺序讲述的。换言之，故事的顺序关系到人类生存的时间性。人们以他们人生旅途的顺序来理解世界。正如《一无所有》中舍维克所指出的，阅读一本书的过程类似于理解的过程，"……如果你想读故事并理解它，你必须从第一页开始，一直按顺序向后。所以宇宙将是一本非常伟大的书，而我们都将是一个个非常渺小的读者"②。然而，舍维克发现，除了这种线性时间，还有一种时间是循环的。这种循环的时间既没有开始也没有结束。与环绕太阳的轨道相似，这个圆也有无限次的重复。舍维克解释道，

---

①　Le Guin U K. Dancing at the Edge of the World：Thoughts on Words，Women，Places[M]. New York：Grove Press，1989：38.

②　Le Guin U K. The Dispossessed：An Ambiguous Utopia[M]. New York：Harper Voyager，2011：221.

> 时间有两个方面。它一方面是一支箭头，一条奔流的
> 河流，没有这个面，就没有变化，没有进步，没有方向，
> 也没有创造。另一方面，它还是一个圆圈或循环，没有这
> 个面，就会出现混乱，宇宙只能是无意义的瞬间连续，一
> 个没有时钟、没有季节，也没有承诺的世界。①

如果没有循环不息的时间，瞬间将毫无意义。

斯蒂芬·柯恩（Stephen Kern）在他的《现代主义小说》（*The Modernist Novel*）一书中指出，现代艺术家们的成就体现在对时间的不同理解，特别是当下时间，因此他们不断尝试与探索，以不同的艺术方式来打破对线性时间的表达方式。② 比如，印象派艺术家试图抓住瞬间，而立体派则试图从多个角度表达不同时间。萨缪尔·贝克特（Samuel Beckett）在《无法命名的人》（*The Unnamable*，1953）中塑造了持续但停滞的时间。在这部小说中，时间并没有流动，而是停留在一种"进行中"的当下状态。然而，在信息时代，人们在忙碌中选择活在一个以未来为中心的有箭头的时间，放弃了现代主义艺术家们不断探索的以当下为中心的时间。我们为了未来，丧失了真正理解当下的时代的能力。柯恩认为，自 19 世纪末引入标准时间以来，世界上

---

① Le Guin U K. The Dispossessed：An Ambiguous Utopia［M］. New York：Harper Voyager，2011：223.

② 柯恩指出现代主义小说是一种"叙事转向"，因为在现实主义小说之前，事件都是按时间顺序排列的，而现代主义者则专注于现在。时间不是从过去流向未来，而是停留在现在。从而，他们作品中的线性时间被打破了。

只有一种单一的时间，那就是机械时钟时间。① 在查理·卓别林（Charlie Chaplin）的作品《摩登时代》（*Modern Times*，1936）中，人们被描绘得像机器一样昼夜不停地工作。由于人们成为"机器"而遭受异化，人们活在无休止的、对未来的焦虑中，而失去了对当下意义的追求。为了使这些被焦虑异化的"机器们"正常运作，资本主义提出的药方是：让机器们相信进步神话。这个神话中的时间之箭指向永远无法到达的未来。

对勒古恩而言，打破这种神话的第一步是在小说中设置异质时间。《世界的词语是森林》一书由两个不同的时间组成，泰拉人的时间以及亚瑟士人的时间。泰拉人来自腐烂星球，生活在他们的现代城市时间节奏中；而根据小说中的人类学家拉吉·柳博夫（Raj Lyubov）的说法，阿瑟人有自己的工作和睡眠节奏。

> 亚瑟士人的确睡觉——尽管殖民者的观点经常忽略了这一可观察到的事实——但他们的生理低谷期通常出现在中午到下午四点之间。而泰拉人的睡眠黄金时段则是在凌晨两点到五点之间。他们有一个高温和高频活动的双重高峰周期，出现黎明和傍晚两个阶段。大多数泰拉成年人在 24 小时内睡 5 到 6 个小时，打几次盹；而较为

---

① Kern S. The Culture of Time and Space 1880-1918 [M]. Cambridge: Harvard Up, 2003: 11.

成熟的男性在 24 小时内可以只睡 2 个小时……①

在被泰拉人入侵后,亚瑟士人被迫改变他们的时间以适应现代人族的时间。通过引入亚瑟士人的时间,勒古恩刻画了两种时间轴。同样,在《黑暗的左手》中,通过来自泰拉(Terra)的让利·艾(Genly Ai)的眼睛,我们看到格森星球上的时间不同于艾所处星球的时间。格森人用不同的方法计算时间。在附录中,勒古恩详细介绍了"格森历法及计时法"。

格森的自转周期是 23.08 个地球时,一年是 364 天……一年有十四个月,阳历跟阴历周期基本一致,因此只需要两百年进行一次闰月调整……计时:格森行采用十进位计时法,一天分为十个时辰,同地球一天二十四小时的应对关系大致如下:"这种对应关系是非常粗略的,因为格森星的一天只有 23.08 个地球时。太精确的转换对我来说并无必要。②

第二步是通过人物穿梭在不同行星之间,来召唤不同时间的交叉时刻。《罗卡农的世界》由塞姆利的故事和罗卡农的神话组成,两个故事按照各自的顺序发展。但这两个故事中的时间

---

① Le Guin U K. Ursula K. Le Guin: Hainish Novels and Stories: Volume Two[M]. Ed. Brian A. New York: The Library of America, 2017: 57.

② 勒古恩. 黑暗的左手[M]. 陶雪蕾, 译. 北京: 北京联合出版公司, 2017: 358-60.

相互交叉，从而形成了不同的解读。在罗卡农看来，塞姆利是生活在过去的人；而在塞姆利看来，罗卡农是来自未来的人。通过能够穿越时空的宇宙飞船以及人物的旅行，勒古恩连接了两个不同的时代，即塞姆利时代和罗卡农时代。这两个不同的时代被联系了起来，从而创造了复杂的交叉时代。但这类小说中总有一种时间是不被理解的，正如书名一样，塞姆利的时间也被严重忽视和压缩了。勒古恩认为，现代时间存在的问题在于过于强调未来，但忘了理解过去。同样，在《幻影之城》中，星族干脆把过去的所有痕迹全部抹掉，建立了一个如无菌状态般光滑、亮丽的星之城。然而，这种只强调未来性的绝对空间里容纳不了一丝鲜活的生命力。星之城更像是一个只适合机器生存的世界。因此，作者在叙事时间中回忆过去，通过构建不同的时代将过去与未来联系起来。

二、连接异质空间

不可否认，现代时间观念推动了人类的发展，但现代神话的终点却是一个永远无法达到的未来时间。勒古恩在短篇小说《远离欧米拉斯的人》(*The Ones Who Walk Away from Omelas*) 的开头，描述了一幅完美的乌托邦——欧米拉斯城的景象。然而，这个看似完美的城市很快就暴露了它内在的缺陷：这个乌托邦城市只有在牺牲一个住在地下室受苦的孩子之后，才能保持完美。也就是说，这是一个追求同质化的社会空间，任何不符合乌托邦梦想的存在都将被当作牺牲品，监禁在一个不被看到的黑暗之处。

　　勒古恩在她的小说中创造了很多对立的异质空间。例如，在《世界的词语是森林》中，戴维森来自一个相信进步的现代神话世界，而亚瑟士人犹如生活在一个古老的社会。两个社会在对待"梦"方面截然不同，地球人更看重心中滋养的梦想，而亚瑟士人更注重睡眠中体验到的梦。对于亚瑟士人，人与人之间分享梦是一种社会交流方式，因为他们认为梦境与现实具有一定的联系。用不同的梦作为基础，勒古恩呈现了两个具有不同色彩的社会空间。"海恩系列"科幻小说结构上都并置这种异质空间。在《幻影之城》中，星之城被描绘成一个高科技的现代化城市。这座城市的历史被抹去，一座虚幻的城市诞生了。然而，它不是一个乌托邦式的地方。人们像机器人一样，生活在星族的控制之下。同时，勒古恩又描绘了一个森林空间。在接受乔治·维克斯（George Wickes）的采访时，维克斯说他认为森林是一个理想的地方，而星族的城市是一个糟糕的地方。勒古恩强调，尽管描述古老的森林很有趣，但它也不是一个乌托邦式的地方，正如星之城也不是一个好地方一样。① 在《黑暗的左手》中，尽管格森星球上没有战争和掠夺，但卡希德（Karhide）和奥戈雷恩（Orgoreyn）两个国家都不是乌托邦，而且可以看出它们正在转变成一个即将爆发战争的集权国家。在《罗卡农的世界》里，塞姆利和罗卡农在博物馆里相遇。对于罗卡农星球上的人们来说，博物馆是讲述他们历史的地方。对于塞姆利而言，博

---

　　① Le Guin U K. "There is More Than One Way to See"：Interview by George W and Louise W. In：Ursula K. Le Guin：The Last Interview：And Other Conversations[M]. New York：Melville House，2019：50-77.

物馆则是一个收藏战利品的地方，她的项链正是那段被殖民历史的物证。同一个博物馆对于有着不同经历的人的意义截然不同。通过嵌入不同的异质空间，勒古恩强调提供多重解释的必要性。

在《小说的手提袋理论》(*The Carrier Bag Theory of Fiction*)中，勒古恩用手提袋作为隐喻来刻画科幻小说的包容性。她认为，大多数传统英雄神话往往是胜者的故事，而其中隐藏着种种杀戮。不同于英雄神话，科幻小说避免了"线性的、渐进的、(单方向)时间箭头模式"①，尝试着刻画既包含矛盾又包含和谐，既没有解决办法也不停滞的，始终处于变化中的故事。在《逃跑路线》(*Escape Routes*)中，她进一步指出，科幻小说的张力正源于其开放性：

> 科幻小说的主要天赋，我认为在于：它像一个开放的宇宙，既在物质上开放，也在心灵上开放。这里没有关闭的门。从物理学、天文学到历史学和心理学，科学给我们的是开放的宇宙：这个宇宙不是一个简单的、固定的等级制度，而是一个极其复杂的时间过程。所有的门都敞开着，从史前人类的过去，到令人难以置信的现在，再到既可怕又充满希望的未来。所有的联系都是可能的。所有的选择都是可以想象的。②

---

① Le Guin U K. Dancing at the Edge of the World：Thoughts on Words，Women，Places[M]. New York：Grove Press，1989：170.

② Le Guin U K. Escape Routes[J]. Galaxy，1974，35(12)：44.

勒古恩的科幻小说给我们创造了"一个开放的宇宙"，这个宇宙包含了多层的时间和空间，构建了一个多重连接的海恩科幻世界。

第二节
强化叙事的交流功能：倾听的力量

一、讲述与聆听相结合

《倾诉》(*The Telling*，2000)是"海恩系列"最后一部长篇小说，也是体现勒古恩叙事理论的重要作品。在这部小说中，来自伊库盟(Ekumen)的观察员萨提(Sutty)来到了一个叫作阿卡(Aka)的星球。阿卡是一个集权制国家，禁止旧的文化，而新的文化被控制在一个类似于大公司的国家体制下。阿卡有意隐藏、禁止和掩埋过去。具体说来，即"教育"人们"传统、习俗和历史，以及所有的旧习惯、方式、模式、礼仪、思想、虔诚都是瘟疫的来源，是要烧掉或埋掉的腐烂尸体"①。萨提访问了两个不同的地方：多夫扎市(Dovza City)和一个叫奥克扎特·

----

① Le Guin U K. Hainish Novels and Stories：Volume Two [M]. Ed. Brian A. New York：The Library of America，2017：627.

奥兹卡特(Okzat Ozkat)的老城区。在多夫扎市，萨提没有交流的感觉，因为她只能接触到一些被阿卡政府筛选之后的信息。

> 谈话按照着计划进行。宴会上人们谈论商业、体育和科技。他们排着队或在洗衣店等着，谈论着运动或者近况。他们回避个人问题。在公开场合，在所有的政策和意见问题上重复公司的路线，以至于当她对自己的世界的描述与他们所学到的奇妙的、先进的资源的东西不一致时，甚至会遭到反驳。①

与多夫扎市不同，在奥克扎特·奥兹卡特这个古老而偏远的小镇，萨提第一次感觉到交谈的自由。萨提不仅可以听当地人给她讲故事，还可以接触到古老文化的遗迹。在镇上，萨提拜访了一家药店，她发现了药店墙上有一些古老的表意文字痕迹。这里的居民大多没有遗弃他们古老的文化，他们称自己为"玛斯"(Maz)，并且以力所能及的方式保护着他们的古老文化。药店墙上的痕迹就是一种证据。在玛斯的帮助之下，萨提感受到了古老文化的独特魅力。为了有更深入的了解，萨提来到了一个古老的地方——斯龙(Silong)。到达斯龙之后，她惊奇地发现，在斯龙隐藏的洞穴里有成千上万本关于阿卡旧文化

---

① Le Guin U K. Hainish Novels and Stories：Volume Two [M]. Ed. Brian A. New York：The Library of America，2017：611.

的书籍。斯龙洞穴让人联想到柏拉图的"洞穴寓言"。在柏拉图的寓言里，一群囚犯被铁链锁住，被迫凝视墙上的阴影。一天，有一个囚犯被释放，走出了洞穴，看到了外面的世界。当他回来时，激动万分地想向同伴诉说他所看到的一切，但失败了，因为洞穴里根本没有人相信他所说的。我们会产生一个疑问：为什么洞穴里的囚犯们不相信曾看过外面世界的那个人所说的呢？他有可能向同伴们描述了外面的世界是这样或那样的，也就是说，叙事上他应该用了信息叙事，传达了一系列信息，但这些信息都不符合同伴们的认知。总而言之，他的叙事方式是有问题的。

故事叙事不同于信息叙事。虽然故事本身是一种虚构，但好的虚构能使听者沉浸在故事之中。柏拉图讲述洞穴论的叙事方式，正是讲故事的方式，而并非像洞穴说故事里的人物那样使用了信息叙事。勒古恩小说里，住在斯龙的人都是专业讲故事的人，这个职业化的人群不免让人想起本雅明的"讲故事的人"。他们被称为"玛斯"（Maz）和"尤兹"（Yoz）。玛斯是讲述故事的人，而尤兹是听众。玛斯也是尤兹，因为尤兹也会转换为玛斯。玛斯讲故事，但不加以解释，听故事的尤兹们会偶尔讨论其中的含义。一开始，萨提无法理解玛斯所讲述的大部分故事，因为她的耳朵只习惯于接受包含单层意思的信息叙事。生活在信息时代，萨提的耳朵和嘴巴正如我们大部分人一样是分开的器官：耳朵是用来接收信息的，而嘴巴是用来传递信息的。

小时候，萨提的姨妈告诉她，她的名字来源于神的妻子

"萨提"。在古印度神话中，有一个叫希瓦（Shiva）的神，他的妻子叫萨提。希瓦有一头又长又脏的头发，他是宇宙中最伟大的舞者。萨提违背了父亲的意愿嫁给了希瓦。一天，萨提回去看她的父亲，她的父亲对希瓦说了一些侮辱性的话，萨提特别生气，不久便离世了。听完这个故事，萨提问姨妈为什么她要和这个愚蠢的女人用同一个名字。她的姨父回答道："因为萨提（Sati）是希瓦，希瓦也是萨提（Sati）。你是爱人也是悲伤的人。你是愤怒，你也是那支舞。"①两者即合一，也就是二为一，并不是分开的。希瓦是印度教最重要的神之一。根据印度教的故事，希瓦既是创造者又是毁灭者。妻子萨提去世后，希瓦义愤填膺，几乎毁灭了整个世界。在《倾诉》中，当萨提失去了她深爱着的搭档保（Pao）之后，她变成了一个充满愤怒和悲伤的人，即另一个希瓦。保（Pao）的死亡夺走了萨提面对世界舞蹈的能力，因为萨提是希瓦，希瓦是萨提。正如保和萨提的关系，这部小说中的大多数人物是成双成对的，玛斯和尤兹也是一样。小说里，萨提在一本名为《阿伯》的书中学习到了两者之间的联系："一个是两个，两个是一个，所有这些都是相互联系的。"②希瓦和萨提的故事来源于印度教，二合一之间的关系来源于道教。通过将这些联系起来，勒古恩强调讲故事中倾听的重要性。没有倾听，讲述就有可能像希瓦一样，充满暴力；也可能像道

---

① Le Guin U K. Hainish Novels and Stories：Volume Two［M］. Ed. Brian A，New York：The Library of America，2017：727.

② Le Guin U K. Hainish Novels and Stories：Volume Two［M］. Ed. Brian A，New York：The Library of America，2017：657.

教中失去阳或者失去阴一样，产生不和谐。

在信息时代，人们顺应了把耳朵和嘴巴分开的叙事方式，但交流的过程是从一个人的嘴巴到另一个人的耳朵的过程。与信息传递不同，传递故事的过程是一个互动的过程。勒古恩在此，强调重新排列讲故事的器官的必要性——嘴巴和耳朵应该像萨提和希瓦一样连接起来。分离会导致毁灭性的暴力，而连接起来则会产生交流。总之，勒古恩试图通过将嘴和耳朵、讲述和倾听相结合，从而消解暴力，重构一个可交流与沟通的世界。

二、倾听和讲述：一段漫长的旅程

根据本雅明的说法，故事和信息的区别之一是，信息需要一个即时的意义，而故事则包含多种意义。① 在信息时代，人们更习惯于接受信息，而不是听故事。因此，勒古恩要求她的读者走一段更长的旅程，以此来培养一种听故事的能力。《倾听》中的玛斯讲过一个关于"亲爱的泷泽"（The Story of Dear Takieki）的故事。泷泽与老母亲住在一起，母亲去世时，留给他一袋豆类粗粉。母亲去世以后，房东将泷泽赶出了家门，泷泽只好带着那袋豆类粗粉踏上了他的旅程。在路上，泷泽遇到了一个衣衫褴褛的人。这个人跟他讨价还价，希望用一个铜扣换一袋豆粉。然而，泷泽拒绝了并继续他的旅行。翻过一座山

---

① Benjamin W. Illuminations [M]. Trans. Harry Z. New York：Schocken Books，2007：90.

头之后，他又看到一个衣衫褴褛的女孩。女孩说，如果他愿意和她分享那袋豆粉，他们就能在一起。泷泽依然拒绝了并继续他的旅行。又在下一座山头，他遇见了一男一女，他们建议泷泽可以用这袋豆粉换取农场，但泷泽再次拒绝了。萨提听到这个故事时，很不理解为什么故事题目要用"亲爱的"来修饰这个愚蠢的男人。后来，萨提意识到泷泽并不愚蠢，因为他并没有用那袋豆粉去交换任何东西，所以他依旧可以继续属于他自己的旅程。与泷泽不同，阿卡星球用他们的"豆粉"换来了一种新的文化。因此，他们不能像"亲爱的泷泽"一样继续漫长的旅程。

在斯龙（Silong），萨提遇见了雅拉（Yara），阿卡国公司的一个代理人。雅拉怀疑萨提是一个危险分子，于是秘密跟踪她到了斯龙。当雅拉的团队到达斯龙时，他们的飞机失事：他受了重伤，其他人都死掉了。见状，斯龙人救了他。萨提和雅拉，这对敌人开始交换他们彼此的故事。刚开始，在愤怒的驱使下，两个人都无法倾听对方的故事，因为双方都只顾着说自己想说的话，并没有倾听对方的故事。萨提给雅拉讲从玛斯那里听到的故事，比如萨提和希瓦的故事，以及亲爱的泷泽的故事等。雅拉其实具备倾听的能力，因为曾养他、爱他的祖父母也是玛斯，他们给雅拉讲过很多故事。然而，当他的父母发现祖父母是玛斯的时候，便告发了祖父母，并告诫雅拉要视他们为敌人。这也是雅拉誓死跟踪萨提来到斯龙的原因。

萨提意识到泰拉星球和阿卡星球有很多相似之处：它们都有着同样的信仰———一元论，即相信"一个上帝，一个真理，一个地球"①。为了信仰统一，泰拉和阿卡人民不被允许信仰不同的神和不同的真理。在一元论中，唯一的真理是由唯一的神所说的话来定义的。在缺乏聆听的情况下，讲述只会强化等级世界，比如泰拉人和阿卡人。与玛斯和尤兹一样，萨提和雅拉开始讲述他们的故事以及他们的世界。萨提讲述了关于保(Pao)去世的痛苦回忆，而雅拉分享了关于他的祖父母被判死刑的童年创伤记忆。通过聆听彼此的故事，萨提和雅拉渐渐理解了彼此，甚至相互治愈了对方。萨提尝试从保死亡的创伤中走出来，而雅拉则学会了接受童年悲痛的记忆。他们在长谈和分享故事中帮助彼此达到了相互的理解与救赎。

雅拉告诉萨提，他们现行的新文明，即集权制，其实是在海恩人造访之后开始的。在海恩人第一次造访之后，阿卡试图将他们的"先进"信息复刻到自己文明里。第二次访问中，海恩人带给他们"先进"信息，而作为代价，阿卡人要摒弃自己的旧文化，接纳新文化，即一元论。为了接受海恩人的先进文明，阿卡人不得不放弃自己原有的信仰。而在接受一元论之后，他们转变为一个等级式体制。与新文化不同的是，旧阿卡文明是一种双向交流，就像发生在萨提和雅拉之间的对话一样，是讲述者和听众都可以参与故事的二元合一。在这部小说里，勒古恩通过探索如何将讲述和倾听联系起来，提出了一种新的故事模式，一种将讲述和倾听合二为一的讲述/倾听模式。

---

① Le Guin U K. Hainish Novels and Stories：Volume Two[M]. Ed. Brian A. New York：The Library of America，2017：728.

第三节
"海恩系列"交流狂想曲

从宏观的角度来看，"海恩系列"是一首交流狂想曲，它为寻找沟通可能性而歌唱。唐纳德·F. 泰尔（Donald F. Theall）评论道："事实上，她（勒古恩）的小说的首要主题正是沟通，是不同种类的高智能生命形式之间的沟通。"①对勒古恩而言，正确的交流方式即讲述故事。在《编故事》（*Making up Stories*）中，勒古恩写道，"学习阅读或讲述一个真实的故事是一个人能够接受的最好的教育"，因为讲故事是"人类的一种工具"②。

勒古恩的故事就像自发的狂想曲一样在"海恩系列"中自发地成长与演变。桑德拉·J. 林道（Sandra J. Lindow）在《道之舞》（*Dancing the Tao*）一书中指出："极权主义是试图控制人性的混乱……反对极权主义的一种方法是接受其混乱。"③在《海恩小说

---

① Freitas D T. The Art of Social-Science Fiction：The Ambiguous Utopian Dialectics of Ursula K. Le Guin［M］//Bloom H. Ursuld K. Le Guin. New York：Chelsea House Publishers，1986：42.

② Le Guin U K. Words Are My Matter［M］. Easthampton：Small Beer Press，2016：109.

③ Lindow S J. Dancing the Tao：Le Guin and Moral Development［M］. Cambridge：Cambridge Scholars Publishing，2012：74.

与故事：第二卷》(*The Hainish Novels & Stories：Volume Two*)的序言中，勒古恩描述了"海恩系列"的漫长又看似混乱的创作过程：

> "海恩系列"小说和故事是在两个时期写成的，至少相隔了十年。第一卷的所有内容都可以追溯到20世纪60年代和70年代，除了1995年的一个故事。在第二卷中，除了1976年的一篇短篇小说，其他作品都在20世纪90年代出版。80年代，我根本没有重返过海恩宇宙。我意识到了这种间断性，我认为这十年的空白，使我能够用新的眼光来审视之前的地海传说，并且可回到海恩人的世界里。①

在《梦会自己解释》(*Dreams Must Explain Themselves*)中，勒古恩也对这些故事的演化过程进行了解释。根据勒古恩的说法，故事没有蓝本，只是沿着它们必须走的路前进。② 勒古恩这种让故事自发地演化的创作方式是遵循了道家的方式，即作者处于一种无为的放松状态下，等待故事"讲述"自己的叙事方式。在《风的十二个方向》(*The Wind's Twelve Quarters*)的简介中，勒古恩分享了创作长篇小说《黑暗的左手》时的状态：

---

① Le Guin U K. Hainish Novels and Stories：Volume Two [M]. Ed. Brian A. New York：The Library of America，2017：xi-xii.

② Le Guin U K. Dreams Must Explain Themselves [M]. London：Gollancz，2018：6.

　　就在我开始写小说《黑暗的左手》的前一年，我还没完全意识到格森星球冬天的居民是雌雄同体。当这个故事完成并出版后，我才意识到有些文字需要修改。但意识到这一点时，为时已晚，无法修改诸如"儿子""母亲"之类的用词。在出版修改版时，我对所有的格森人用女性代词——同时保留了某些男性头衔，比如国王和勋爵，只是为了提醒人们注意这种模糊性。①

与具有组织性和系统化的创作过程不同，勒古恩的"海恩系列"是在"无为"的力量驱动下进行的创作，这导致一些女性主义评论家严厉批评她的作品未能摆脱父权制的凝视。从某种程度上说，勒古恩确实受到了父权思想的影响。但正是这种"无为"的状态，让她意识到了自己的问题，同时也在无意识中摆脱了这种控制，并刻画出雌雄同体的故事。

　　在她松散连接的宇宙之中，故事就像根茎一样不断演化与生长。根据吉尔·德勒兹（Gilles Deleuze）和皮埃尔·菲利克斯·加塔利（Felix Guattari）的说法，

　　根茎本身呈现出非常多样化的形态，从分枝的表面向四面八方延伸到结块成球茎和块茎……根茎不断地在符号链、权力组织以及与艺术、科学和社会斗争相关的情况之

---

　　① Le Guin U K. The Wind's Twelve Quarters[M]. New York：Harper Perennial，2004：93.

间建立联系。①

与德勒兹和加塔利所说的根茎一样，勒古恩的小说从各个方向产生多重联系。

第一，不同的故事与人物相关联。例如，1969 年出版的短篇小说《冬天的国王》(*The Winter's King*)是关于格坦国王阿尔加文(Argaven)的故事，他也是长篇小说《黑暗的左手》中的一个次要角色。同样，短篇小说《革命的前一天》(*The Day Before the Revolution*，1974)的主人公是奥多(Odo)。奥多也出现在长篇小说《一无所有》中，但并不是该小说中的重要人物，而只是提出乌拉斯人的共同体意识的已故精神领袖。在勒古恩的海恩宇宙(Hainish Universe)里，每个人都是自己故事的主角，每个人都可以讲述他/她自己的故事，因为这里既没有完全的中心，也没有什么边缘。因此，故事可以无限演化，自发地生长在这个宇宙之中。

第二，同一个故事在不同的小说中所占权重不同，并在与不同故事的整合之中变得更加丰富。1964 年出版的短篇小说《安雅尔的嫁妆》(*The Dowry of the Angyar*)成为《塞姆利的项链》(*Semley's Necklace*)，即《罗卡农的世界》(1966)的前半部。短篇小说集《风的十二个方向》(*The Wind's Twelve Quarters*，1975)中，勒古恩再次发表了同一个短篇故事，题目仍为《塞姆

---

① Deleuze G, Guattari F. A Thousand Plateaus: Capitalism and Schizophrenia[M]. Trans. Brian M, Minnesota: University of Minnesota Press, 2002: 6-7.

利的项链》。从一个简单浪漫的短篇小说,到《罗卡农的世界》的上半部分,再到《风的十二方位》中的《塞姆利的项链》,在这一演变过程中,塞姆利的故事逐渐变得复杂。勒古恩解释说:"在再写过程中,塞姆利变得更坦率、更简单,同样也更复杂。"①

第三,一些故事明显与特定的历史事件有关,也可理解为对历史纪录的改写。勒古恩曾说道,《世界的词语是森林》(1972)是她在美国参与越南战争之后创作的,作品中包含了勒古恩强烈的反战、反殖民的情绪。1969 年 11 月,随军摄影师罗纳德·L.黑伯勒(Ronald L. Haeberle)拍摄的美军屠杀越南人的照片被公开展出。该照片曝光了包括儿童和婴儿在内的手无寸铁的越南平民被屠杀的情景,轰动一时。在看到这令人毛骨悚然的一幕之后,剧烈的愤怒向勒古恩袭来,成为她创作《世界的词语是森林》这部小说的驱动力。

在勒古恩"海恩系列"作品世界里,小说与小说之间没有构成系统的联系,更像根茎一样,繁衍生成。在《关于厄休拉·勒古恩:海恩小说与故事第一卷》(*Ursula K. Le Guin:Hainish Novels & Stories Volume One*)的序言中,勒古恩写道,

> 我现在明白了,这种结构上的缺失,让我的想法得以改变和发展。我并没有被困在一个充满自我观念的世界里,因为自我制定的规则有可能限制我的想象力。这种结构上

---

① Le Guin U K. The Wind's Twelve Quarters [M]. New York:Harper Perennial,2004:1.

的缺失使得我可以自由地漫游。所以一个故事可能是从另
一个小说中衍生出来的，或者是从另一个故事的主题中发
展起来的。①

这种"结构上的缺失"反而使得故事得以自行发展与演变。就像
根茎一样，她的小说之间虽然构成连接，但是没有中心；一旦
取得连接，便会产生不同的根茎。不过，这些小说都与海恩
（Hain）——一个外星星球组织，又名"伊库盟"（Ekumen）有关。
在《黑暗的左手》中，艾（Ai）对伊库盟进行了简要介绍。

> 本质上而言，它根本不是一个政府。它是一种尝试，
> 想将神秘同政治联合在一起，当然这样的尝试通常都是失
> 败的，不过比起前辈们所取得的种种成功，这样的失败对
> 人类有更大的益处。它是一个社会，有自己的文化，至少
> 是一种潜在的文化。它是教育的一种方式。从某个层面来
> 看，它很像是一所庞大的学校——非常大。它的精髓是沟
> 通与合作，因此，从另一个层面来看，它是星球的联盟或
> 者说联合，在一定程度上具有传统中央集权机构的功能。②

正如艾（Ai）所解释的那样，实现交流与合作是海恩宇宙建
立的动机。海恩组织，即伊库盟由 84 颗行星组成，被一个叫作

---

① Le Guin U K. Ursula K. Le Guin：Hainish Novels & Stories：Volume One[M]. New York：The Library of America，2017：xii.

② 勒古恩. 黑暗的左手[M]. 陶雪蕾，译. 北京：北京联合出版公司，2017：162.

安塞波(Ansible)的通讯设备连接起来。安塞波(Ansible)的主要功能是在两点之间交换信息。在先进技术的助力下,这种装置传输信息的速度比光速更快。换言之,正是科学技术使得勒古恩小说中的这种联系成为可能。

然而,这并不意味着勒古恩将科学的力量过度理想化。相反,她强调了错误使用科学技术的危险性。例如,在《罗卡农的世界》一书里,塞姆利星球的土著人说,陌生人来到他们的星球是为了武装入侵他们的领土。塞姆利的丈夫被燃烧的武器杀死,甘耶夫人(Lady Ganye)、她的儿媳,以及城堡老主人的女继承人等,也因为同样的原因失去了丈夫。再例如,在《世界的词语是森林》中,阿斯申人(the Athsheans)和人类使用毁灭性武器互相残杀。

对勒古恩而言,没有交流,人们就无法理解巨大宇宙的复杂性,只能看到世界的一些片段。由于缺乏交流,世界也变得混乱不堪:暴力伴着繁华滋生,进而战争不断。在"海恩系列"短篇小说《肖比的故事》(*The Shobies' Story*,1990)中,一艘名为"肖比"的太空船机组合进行了第一次飞行,以测试飞行员对"过渡"(transilience)的适应能力。"过渡"即一个物理实体从一个点到另一个点的转移。尽管飞行员经历了同样的突变,即过渡性,但他们获得了不同的体验。比如,里格(Rig)看到了一颗棕色的行星,而阿斯顿(Asten)则什么也没看到。为了充分理解他人的体验,他们决定通过讲述故事传达各自的体验。如果没有交流,人们就无法了解周围的世界。而对于勒古恩来说,讲故事/听故事是进行真正交流的最佳方式之一。

结　语

> 我有不同的方式，我有不同的意志，
>
> 我有不同的话要说。
>
> 我绕着路回来，
>
> 从外面，从另一个方向。
>
> ——《总会回家》(*Always Coming Home*)，厄休拉·K. 勒古恩

根据本雅明的说法，第一次世界大战后，传统故事有衰落的趋势，取而代之的是一种新的叙事形式，即信息叙事。本雅明认为虽然信息叙事可以更快速地传递信息，但它不是一种有效的交流工具，反而加强了叙事的控制功能。他指出这将导致叙事危机。对此，勒古恩也提出类似的担忧，并通过权衡故事的重要性来探索解决方案。她以科幻小说这个载体为思想实验的平台，来证明当今信息时代反而更要强调已衰落的故事叙事。本书通过探索权力、无为和交流三个要素与叙事的联系，来研究勒古恩的叙事理论。

首先，勒古恩批判了叙事与权力之间的联系。她通过建立两个独立的世界，揭示了强势话语是如何掩盖弱势群体的声音的。在《罗卡农的世界》里，塞姆利的故事很容易被忽略，因为它被压缩成罗卡农故事的序幕。在《世界的词语是森林》中，勒古恩说明了历史叙事中的类似问题，即被殖民者的历史往往被掩盖。《幻影之城》中描绘了一个信息城市——星之城。该城市通过抹杀除信息之外的所有其他叙事方式来控制和奴役人们，城市里的神话、故事和历史等不同叙事都被消

除了。通过对这三部小说的分析，勒古恩考察了权力与叙事的关系，并指出导致叙事危机的重要因素就是叙事受制于权力，并成为控制工具。

其次，探讨勒古恩如何利用道家思想来探索问题的解决方案。在《黑暗的左手》中，她通过描绘外星球格森星球来谈论道家的世界观。类似于道教中的阴阳循环，格森人受其双性生物循环所支配。主人公通过打破自身的局限性，逐渐领悟了道家阴阳循环的哲学理念。然而，他发现由于叙述的局限性，虽然他感知了不同，但是仍然存在讲述的问题。在《一无所有》中，勒古恩做了一个实验，试图通过融合两种看似矛盾的理念或者理论，来打破西方等级制二元对立的思维方式，并将信息叙事与故事联系起来，建构具有勒古恩特色的阴阳循环式科幻小说。在《流亡星球》中，我们看到，只有离开熟悉的场所或者摒弃固有的思维模式，尝试学习截然不同的方式，才能够真正进入一个符合道家阴阳循环理念的世界。

最后，勒古恩探讨了一种将倾听和讲述联系起来的交流性叙事模式。在信息时代，人们生活在同质化的世界里，而勒古恩通过描绘不同的时空来营造异质化的时空，并通过科幻小说来警示同质化世界的潜在危险。与主流科幻故事的叙事方式不同，勒古恩十分重视与主流叙事的区分，强调倾听边缘声音的重要性。她指出，信息叙事往往忽略了倾听的功能，而故事叙事中倾听与叙述的关系如同阴和阳，二者缺一不可。因此，她以科幻小说为载体，建构了一个包含多个时空、相互连接的海恩世界。在海恩科幻世界里，等级制二元思维方式不断瓦解，

取而代之的是在阴和阳的循环中形成的多样化连接的世界。在
这里，每个人都可以成为主角，不存在永远"好的世界"，也不
存在永远"不好的世界"，这是一个阴阳循环的世界。正如我们
的人生一样，总是处在变化之中，总是在"回家"（*Always
Coming Home*）的路上。

附　录

厄休拉·K. 勒古恩作品目录：

长篇小说 22 部：

《罗卡农的世界》(*Rocannon's World*)（1966）

《流亡星球》(*Planet of Exile*)（1966）

《幻影之城》(*City of Illusions*)（1967）

《地海巫师》(*A Wizard of Earthsea*)（1968）

《黑暗的左手》(*The Left Hand of Darkness*)（1969）

《阿图安陵墓》(*The Tombs of Atuan*)（1971）

《天钧》(*The Lathe of Heaven*)（1971）

《最远的海岸》(*The Farthest Shore*)（1972）

《世界的词语是森林》(*The Word for World is Forest*)（1972）

《一无所有：一个模棱两可的乌托邦》(*The Dispossessed：An Ambiguous Utopia*)（1974）

《离别处很远》(*Very Far Away From Anywhere Else*)（1976）

《马拉弗雷纳》(*Malafrena*)（1979）

《起点》(*The Beginning Place*)（1980）

《苍鹭之眼》(*The Eye of the Heron*)（1983）

《总会回家》(*Always Coming Home*)（1985）

《特哈努》(*Tehanu*)（1990）

《倾诉》(*The Telling*)（2000）

《另一股风》(*The Other Wind*)（2001）

《礼物》(*Gifts*)（2004）

《声音》(*Voices*)(2006)

《权力》(*Powers*)(2007)

《拉维尼亚》(*Lavinia*)(2008)

短篇小说 16 部:

《离开奥姆拉斯的人们》(*The Ones Who Walk Away from Omelas*)(1973)

《风的十二个方向》(*The Wind's Twelve Quarters*)(1975)

《奥西尼亚传说》(*Orsinian Tales*)(1976)

《罗盘玫瑰》(*The Compass Rose*)(1982)

《布法罗女孩和其他动物》(*Buffalo Gals and Other Animal Presences*)(1987)

《海上之路》(*Searoad*)(1991)

《内海渔夫》(*A Fisherman of the Inland Sea*)(1994)

《四种宽恕方式》(*Four Ways of Forgiveness*)(1995)

《解锁空气和其他故事》(*Unlocking the Air and Other Stories*)(1996)

《地海传说》(*Tales from Earthsea*)(2001)

《世界的生日》(*The Birthday of the World*)(2002)

《变化的位面》(*Changing Planes*)(2003)

《野女郎》(*The Wild Girls*)(2011)

《虚幻与真实》(*The Unreal and the Real*)(2012)

《奥德伦的女儿》(*The Daughter of Odren*)(2014)

《寻找的和丢失的》(*The Found and the Lost*)(2016)

诗集 10 本：

《难词和其他诗歌》（*Hard Words and Other Poems*）（1981）

《野燕麦和杂草》（*Wild Oats and Fireweed*）（1988）

《瑟曼街上空的蓝月亮》（*Blue Moon over Thurman Street*）（1993）

《与孔雀一同出门》（*Going Out with Peacocks*）（1994）

《六十多》（*Sixty Odd*）（1999）

《不可思议的好运》（*Incredible Good Fortune*）（2006）

《在这里》（*Out Here*）（2010）

《寻找我的挽歌》（*Finding My Elegy*）（2012）

《当天晚些时候》（*Late in the Day*）（2015）

《到目前为止，一切顺利：2014—2018 年最后一首诗集》（*So Far，So Good：Final Poems* 2014-2018）（2018）

儿童文学作品 12 部：

《里斯·韦伯斯特》（*Leese Webster*）（1979）

《所罗门利维坦的九百三十次环球旅行》（*Solomon Leviathan's Nine Hundred and Thirty-First Trip Around the World*）（1983）

《猫翼》（*Catwings*）（1988）

《卡茨博士的来访》（*A Visit from Dr. Katz*）（1988）

《火与石》（*Fire and Stone*）（1989）

《猫翼归来》（*Catwings Returns*）（1989）

《骑在红母马背上》（*A Ride on the Red Mare's Back*）（1992）

《鱼汤》(*Fish Soup*)(1992)

《精彩的亚历山大和猫翼们》(*Wonderful Alexander and the Catwings*)(1994)

《简独自一人》(*Jane on Her Own*)(1999)

《汤姆老鼠》(*Tom Mouse*)(2002)

《猫梦》(*Cat Dreams*)(2009)

散文或批评文集 8 本：

《夜晚的语言》(*The Language of the Night*)(1979)

《在世界的边缘跳舞》(*Dancing at the Edge of the World*)(1989)

《写小说最重要的十件事》(*Steering the Craft*)(1998)

《头脑中的波浪》(*The Wave in the Mind*)(2004)

《脸颊》(*Cheek by Jowl*)(2009)

《文字是我的事》(*Words Are My Matter*)(2016)

《没有时间空闲》(*No Time to Spare*)(2017)

《关于写作的对话》(*Conversations on Writing*)(2018)

译著 4 本：

《双胞胎和梦想》(*The Twins, The Dream/ Las Gemelas, El Sueno*)(1997)：双语诗集，为阿根廷诗人迪亚娜·贝列西(Diana Bellessi)和勒古恩的诗集互译之作。

《道德经》(*Tao Te Ching*)(1997)：中国老子的《道德经》勒古恩英译版。

《卡尔帕帝国》(*Kalpa Imperial*)(2003)：原作为阿根廷女作家安赫莉卡·格罗迪斯彻(Angelica Gorodischer)的科幻小说。

《加夫列拉·米斯特拉尔诗歌选集》(*Selected Poems of Gabriela Mistral*)(2011)：智利女诗人加夫列拉·米斯特拉尔诗集的英译本。

参 考 文 献

Wang A. How Ursula K. Le Guin Changed the Face of American Literature ［OL］. The Oregonian/OregonLive. (2019-05-17) ［2020-11-14］. https://www. oregonlive. com/books/2018/01/ursula_k_le_guins_legacy.html.

Areti D. The Return of the Storyteller in Contemporary Fiction ［M］. London: Bloomsbury, 2016.

Koestler A. The Ghost in the Machine［M］. London: Hutchinson & Co, 1967.

Ceder A. Conversations with Ursula K. Le Guin［M］. Jackson: University Press of Mississippi, 2008.

Ceder A. Critical Theory and Science Fiction［M］. Middletown: Wesleyan UP, 2000.

Spivack C. Ursula K. Le Guin ［M］. Woodbridge: Twayne Publishers, 1984.

Darko S. Metamorphoses of Science Fiction［M］. Oxford: Peter Lang, 2016.

Darko S. Radical Rhapsody and Romantic Recoil in the Age of Anticipation: A Chapter in the History of SF［J］. Science Fiction Studies, 2020.

Le Guin U K. The Left Hand of Darkness: 50th Anniversary Edition［M］. New York: Ace Books, 2019.

Byrd D C. Selves and Others: The Politics of Difference in the Writings of Ursula Kroeber Le Guin［D］. University of South Africa, 1995.

Freitas D T. The Art of Social-Science Fiction: The Ambiguous Utopian Dialectics of Ursula K. Le Guin[M]. In: Bloom H (Ed.). Ursula K. Le Guin. New York: Chelsea House Publishers, 1986: 39-52.

Ward D. Dancing with Dragons: Ursula K. Le Guin and the Critics[M]. Columbia: Camden House, 1999.

Grewal E. Narrative Space and Time: Representing Impossible Topologies in Literature[M]. England: Routledge, 2014.

Grewal E. Science Fiction, Alien Encounters, and the Ethics of Posthumanism[M]. New York: Palgrave Macmillan, 2014.

Cadden E. The Land-Lady's Homebirth: Revisiting Ursula K. Le Guin's Worlds[J]. Science Fiction Studies, 1990, 7(2): 153-166.

Cadden E. Understanding Ursula K. Le Guin [M]. Columbia: South Carolina UP, 1990.

Slingerland E. Effortless Action: The Chinese Spiritual Idea of Wu-wei[J]. Journal of the American Academy of Religion, 2000, 68(2): 293-327.

Jameson F. Futurist Visions That Tell Us About Right Now[J]. In These Times, 1982, 6(23): 5-11.

Jameson F. World-Reduction in Le Guin: The Emergence of Utopian Narrative[M]. In: Bloom H (Ed.). Ursula K. Le Guin. New York: Chelsea House Publishers, 1986: 23-38.

Spivak G C. Can the Subaltern Speak?: Reflections on the History

of an Idea［M］. In：Morris R C （Ed.）. New York：
Columbia University Press，2010：21-78.

Wicks G，Westling L. "There is More Than One Way to See"：
Interview by George Wicks and Louise Westling［M］. In：Le
Guin U K. The Last Interview：And Other Conversations.
New York：Melville House，2019：50-77.

Deleuze G，Guattari F. A Thousand Plateaus：Capitalism and
Schizophrenia ［M］. Trans. Massumi B. Minneapolis：
University of Minnesota Press，2002.

Bloom H. The Science Fiction of Edgar Allan Poe［M］. London
and New York：Penguin Books，1976：vii-xxii.

Bloom H. Ursula K. Le Guin［M］. New York：Chelsea House
Publishers，1986.

Cixous H，Clément C. The Newly Born Woman［M］. Trans. W
Betsy. London：University of Minnesota Press，2001.

Ye I. Ursula K. Le Guin：The Fearless Author Who Showed Us a
Different World［OL］. BBC Entertainment&Arts. （2018-01-
24）［2020-11-29］. https：//www. bbc. com/news/entertain-
ment-arts-42805957.

James T H. Learning to Listen，Listening to Learn：The Taoist
Way in Ursula K. Le Guin's The Telling［M］. In：Hume K
and Buhle C （Eds.）. Practicing Science Fiction. Jefferson：
McFarland ＆ Company，2010：197-212.

Cates J. The Narrative Turn in Recent Minority Fiction ［J］.

American Literary History, 1990, 2(3): 375-393.

Baudrillard J. Simulacra and Simulation [M]. Trans. Glaser S F. Ann Arbor: The University of Michigan Press, 1994.

Lyotard J-F. The Postmodern Condition: A Report on the Knowledge [M]. Trans. Bennington G and Massumi B. Manchester: Manchester UP, 1984.

Bruss J K. Ursula K. Le Guin [M]. Lanham: Infobase Learning, 2010.

Clute J. Science Fiction from 1980 to the Present [M]. In: James E and Mendlesohn F (Eds.). The Cambridge Companion to Science Fiction. Cambridge: Cambridge UP, 2003: 64-76.

Russ J. The Image of Women in Science Fiction [M]. In: Latham R (Ed.). Science Fiction Criticism: An Anthology of Essential Writings. London: Bloomsbury, 2017: 200-210.

Gottschall J. The Storytelling Animal: How Telling Stories Makes Us Human [M]. Boston: Houghton Mifflin Harcourt, 2012.

Kroll K. Maturing Communities and Dangerous Crones. In: Herbold R (Ed.). Narratives of Community: Women's Short Story Sequences. Cambridge: Cambridge Scholars Publishing, 2007: 305-327.

Lao T. Lao Tzu: Tao Te Ching: A Book about the Way and the Power of the Way [M]. Trans. Le Guin U K and Sweet J P. Boston: Shambhala Publications, 1997.

Davis L, Geist P S. The New Utopian Politics of Ursula K. Le

Guin's The Dispossessed［M］. Lanham：Lexington Books，
    2005.

Hutcheon L. A Poetics of Postmodernism ［M］. New York：
    Routledge，2004.

Sargent L T. The Problem of the "Flawed Utopia"：A Note on the
    Costs of Utopia［M］. In：Moylan T and Baccolini R（Eds.）.
    Dark Horizons：Science Fiction and the Dystopian
    Imagination. New York：Routledge，2003：225-232.

Lugones M C. On the Logic of Pluralist Feminism［M］. In：Card C
    （Ed.）. Feminist Ethics. Lawrence：University Press of
    Kansas，1991：35-44.

Popova M. Telling is Listening：Ursula K. Le Guin on the Magic of
    Real Human Conversation［OL］. Brain Pickings.（2015-10-
    21）［2020-11-11］. https：//www. brainpickings. org/2015/10/
    21/telling-is-listening-ursula-k-le-guin-communication/.

Turner M. The Literary Mind［M］. New York：Oxford UP，1996.

McLuhan M. Science Fiction：A Brief History and Review of
    Criticism［J］. American Studies International，1985，23（1）：
    41-66.

Bloom H. Le Guin's The Left Hand of Darkness：Form and
    Content［M］. In：Bloom H（Ed.）. Ursula K. Le Guin. New
    York：Chelsea House Publishers，1986：53-62.

Foucault M. The History of Sexuality：Volume 1：An Introduction
    ［M］. Trans. Hurley R. New York：Vintage Books，1990.

Cadden M. Ursula K. Le Guin Beyond Genre: Fiction for Children and Adults[M]. New York: Routledge, 2005.

Smith P. The Art of Political Storytelling [M]. New York: Bloomsbury Academic, 2020.

Erlich R. Coyote's Song: The Teaching Stories of Ursula K. Le Guin[M]. Cabin John: The Borgo Press, 2010.

Wolin R. Walter Benjamin: "The Storyteller" and the Possibility of Wisdom[J]. Journal of Aesthetic Education, 2017, 51(1): 1-14.

Reid A R. Women in Science Fiction and Fantasy[M]. Westport: Greenwood Publishing Group, 2009.

Peluso R, Trott B. New Narratives: Stories and Storytelling in the Digital Age[M]. Lincoln/London: University of Nebraska Press, 2011.

Beckett S. Three Novels: Molloy, Malone Dies, The Unnamable [M]. Ed. Lawlor L. New York: Grove Press, 2009.

Beckett S. The Storyteller Essays [M]. Trans. Lavery T. New York: NYRB, 2019: vii-xviii.

Hafeez S, Afreen K. Ursula K. Le Guin: Thinking About What Matters[J]. Lancet Psychiatry, 2020, 7(2): 131-133.

Lerner S J. Dancing the Tao: Le Guin and Moral Development [M]. Cambridge: Cambridge Scholars Publishing, 2012.

Jones S J. Ursula K. Le Guin's Revolutions [OL]. Dissent. (Summer 2019) [2020-11-14]. https://www. dissentmagazine.org/article/ursula-k-le-guins-revolutions.

Freud S. Beyond the Pleasure Principle［M］. Trans. Strachey J. New York：W. W. Norton，1961.

Lem S. Lost Opportunities［J］. SF Commentary，24 Nov. 1971： 17-24.

Kern S. The Culture of Time and Space 1880-1918［M］. Cambridge：Harvard UP，2003.

Kern S. The Modernist Novel［M］. Cambridge：Cambridge UP，2011.

Yoo S. Ursula Kroeber Le Guin's Poetry—Storytelling and Story Living［J］. Literature and Environment，2016，15（4）： 125-174.

Bernard S M, McElroy G J. Ursula K. Le Guin：A Critical Companion［M］. Westport：Greenwood，2006.

Sontag S. Regarding the Pain of Others［M］. New York：Farrar， Straus and Giroux，2003.

Ferguson S S. Mappings：Feminism and the Cultural Geographies of Encounter［M］. Princeton：Princeton UP，1998.

Kroeber T. Ishi in Two Worlds［M］. Berkeley：University of California Press，1961.

Bisson T. Political Theory，Science Fiction，and Utopian Literature［M］. Lanham：Lexington Books，2008.

Le Guin U K. About Ursula K. Le Guin［OL］.［2020-11-11］. https：//www.ursulakleguin.com/biography.

Le Guin U K. Always Coming Home [M]. London: Orion Publishing Group, 2016.

Le Guin U K. American SF and the Other [J]. Science Fiction Studies, 1975, 2(3): 208-210.

Le Guin U K. Changing Planes[M]. New York: ACE, 2005.

Le Guin U K. Dancing at the Edge of the World: Thoughts on Words, Women, Places [M]. New York: Grove Press, 1989.

Le Guin U K. Dreams Must Explain Themselves [M]. London: Gollancz, 2018.

Le Guin U K. Escape Routes[J]. Galaxy, 1974, 35(12): 40-44.

Le Guin U K. Finding My Elegy: New and Selected Poems[M]. Boston: Houghton Mifflin Harcourt Publishing Company, 2012.

Le Guin U K. Four Ways to Forgiveness[M]. New York: Harper Prism, 1995.

Le Guin U K. Late in the Day[M]. Oakland: PM Press, 2016.

Le Guin U K. Myth and Archetype in Science Fiction. In: Popular Fiction: An Anthology [M]. Ed. Harlow G H. London: Longman, 1998: 392-397.

Le Guin U K. No Time to Spare[M]. Boston: Houghton Mifflin Harcourt, 2017.

Le Guin U K. Steering the Craft: A 21st-Century Guide to Sailing the Sea of Story[M]. Boston: Mariner Books, 2015.

Le Guin U K. The Birthday of the World [M]. New York：Perennial, 2002.

Le Guin U K. The Child and the Shadow[J]. The Quarterly Journal of the Library of Congress, 1975, 32(2)：139-48.

Le Guin U K. The Dispossessed：An Ambiguous Utopia[M]. New York：Harper Voyager, 2011.

Le Guin U K. The Fisherwoman of the Inland Sea[M]. New York：Harper Prism, 1994.

Le Guin U K. The Language of the Night：Essays on Fantasy and Science Fiction [M]. Ed. Wood S. New York：Putnam, 1979.

Le Guin U K. The Lathe of Heaven[M]. New York：Scribner, 2008.

Le Guin U K. The Left Hand of Darkness [M]. New York：ACE, 2019.

Le Guin U K. The Ones Who Walk Away from Omelas[M]. New York：Harper Collins, 2017.

Le Guin U K. The Telling. In：Le Guin U K. Hainish Novels and Stories：Volume Two[M]. Ed. Attebery B. New York：The Library of America, 2017：589-752.

Le Guin U K. The Wave in the Mind[M]. Boston：Shambhala, 2012.

Le Guin U K. The Wind's Twelve Quarters [M]. New York：Harper Perennial, 2004.

Le Guin U K. The Word for World Is Forest. In: Le Guin U K. Hainish Novels and Stories: Volume Two[M]. Ed. Attebery B. New York: The Library of America, 2017: 1-106.

Le Guin U K. Ursula K. Le Guin: Hainish Novels & Stories: Volume One[M]. Ed. Attebery B. New York: The Library of America, 2017.

Le Guin U K. Ursula K. Le Guin: Hainish Novels & Stories: Volume Two[M]. Ed. Attebery B. New York: The Library of America, 2017.

Le Guin U K. Words Are My Matter[M]. Easthampton: Small Beer Press, 2016.

Le Guin U K. Worlds of Exile and Illusion: Rocannon's World, Planet of Exile, City of Illusions[M]. New York: A Tom Doherty Associates Book, 1995.

Le Guin U K. David Naimon. Ursula K. Le Guin: Conversations on Writing[M]. Portland: Tin House Books, 2018.

Benjamin W. The Storyteller: Reflections on the Works of Nikolai Leskov. In: Illuminations[M]. Trans. Zohn H. New York: Schocken Books, 2007: 83-110.

Robin W. Communities of the Heart: The Rhetoric of Myth in the Fiction of Ursula K. Le Guin[M]. Liverpool: Liverpool UP, 2001.

Heisenberg W. Physics and Philosophy[M]. London: Ruskin House, 1971.

Woolf V. Mr. Bennett and Mrs. Brown［M］. London：Leonard and Virginia Woolf, 1924.

Zhuangzi. The Complete Works of Zhuangzi［M］. Trans. Watson B. New York：Columbia University Press, 2013.

后　记

在创作本书的过程中，我深切地感受到了来自各方的支持与关爱。我想向那些与我携手共进、支持我前行的人们表达最深情的谢意。

首先，我要衷心感谢朴玉明教授，是她引领我进入文学领域，并一直信任我、鼓励我，给予我无尽的支持，让我坚定地在文学道路上前行，并完成了这本书。

其次，我要特别感谢我的博士导师 JaeEun Yoo 教授。在我最孤寂、最迷茫的时刻，她的支持和鼓励像是一缕温暖的阳光，照亮我继续前行。

再次，我要深深感谢我亲爱的女儿，她的存在让我的生命充满了无尽的浪漫与意义，是我前行路上最为珍贵的动力和支柱。

最后，我还要感谢厄休拉·K. 勒古恩，她的作品让我深刻领略了科幻小说的魅力，激发了我进行一系列充满创意的思想实验，开启了我前所未有的宇宙之旅。